Vente des 27 et 28 Octobre 1904

(SALLES SILVESTRE)

CATALOGUE

DE

GRANDS OUVRAGES

ORNÉS DE FIGURES

ARCHÉOLOGIE. — BEAUX-ARTS

VOYAGES EN DIVERSES PARTIES DU MONDE

PUBLICATIONS PÉRIODIQUES, ETC.

PARIS

EM. PAUL ET FILS ET GUILLEMIN

Libraires de la Bibliothèque Nationale

28, RUE DES BONS-ENFANTS, 28.

—

1904

LA VENTE AURA LIEU

Les Jeudi 27 et Vendredi 28 Octobre 1904

à huit heures précises du soir

Dans les Salles de Ventes aux Enchères

DE LA LIBRAIRIE ÉM. PAUL ET FILS ET GUILLEMIN

28, Rue des Bons-Enfants, 28 (Anciennes Maisons Silvestre et Labitte)

SALLE N° 3

Par le ministère de Me **GEORGES BONNAUD**, Commissaire-Priseur

23, RUE LE PELETIER, 23

Assisté de **MM. ÉM. PAUL ET FILS ET GUILLEMIN**, Libraires-Experts

28, RUE DES BONS-ENFANTS, 28

ORDRE DES VACATIONS

PREMIÈRE VACATION. —	*Jeudi*	*27 Octobre 1904....*	1 à 190
DEUXIÈME VACATION. —	*Vendredi 28*	— — ...	191 à 286
— — —	— —	— — ...	LIVRES EN LOTS

CONDITIONS DE LA VENTE

La vente se fait expressément au comptant.

Les acquéreurs paieront 10 pour cent en sus des enchères.

Il y aura exposition chaque jour de vente, de 2 à 4 heures.

Les livres devront être collationnés dans les vingt-quatre heures de l'adjudication. Passé ce délai ils ne seront repris pour aucune cause.

Les Libraires chargés de la vente rempliront les commissions des personnes qui ne pourraient y assister

CATALOGUE

DE

GRANDS OUVRAGES

ORNÉS DE FIGURES

THÉOLOGIE. — SCIENCES

1. Sacrorum Bibliorum secundum veterem seu Vulgatam translationem, ad fontes hebraici textus emendata... Lucas Osiander. *Tubingæ, apud Georgium Gruppenbachium*, 1589-1591, 2 vol. in-fol. à 2 col. ais de bois recouverts de peau de truie estampée. (*Rel. de l'époque fatiguée.*)

   Ancien Testament et Livres apocryphes.
   Nombreuses annotations manuscrites de l'époque sur le titre du tome I et sur le marges. Mouillure.

2. La Sainte Bible, traduite sur le latin de la Vulgate par Lemaistre de Sacy et le P. Lallemant, accompagnée de nombreuses notes explicatives par M. l'abbé Delaunay... Deuxième édition. *Paris, Curmer*, 1860, 5 vol. in-4, nombr. pl. carte et plan gr. demi-rel. chag. vert, dos orné.

   Trou aux 2 derniers ff. de la table du tome I, tache au faux-titre du tome II.

3. The Holy Bible containing the Old and New Testaments... with explanatory notes... by Thomas Scott. *London, Seeley*, 1827, 6 tomes en 3 forts vol. in-4 à 2 col. cartes gr. cuir de R. fil. tr. dor. (*Tome I déboité.*)

4. La Vie de N.-S. Jésus-Christ, écrite par les quatre Evangélistes... rédigée et présentée aux gens du monde comme aux âmes pieuses par M. l'abbé Brispot... *Paris, Delaroche*, 1853, 2 tomes en 1 vol. in-fol. texte encadré, nombr. pl. gr. sur acier et tirées sur Chine, demi-rel. chag. noir, tr. dor. (*Rel. défraichie.*)

5. Commentaria Bibliorum et illa brevia quidem ac catholica, eruditissimi simul ac piissimi viri Chuonradi Pellicani Rubeaquensis, qui et Vulgatam commentarijs inseruit æditionem, sed ad Hebraicam lectionem accurate emendatam... *Tiguri, in officina Froschoviana*, 1533-1538, 6 tomes en 4 vol. in-fol. à 2 col. lettres ornées, ais de bois recouverts de peau de truie estampée. (*Rel. de l'époque.*)

   Commentaires estimés faits par Conrad Kurschner, réformateur Suisse, connu sous le nom de Pellican.

6. Family Worship : a Series of devotional services, for every morning and evening throughout the year. By above two hundred Ministers of the Gospel. Illustrated by engravings on steel. *London, Blackie*, 1868, gr. in-4 à 2 col. texte encadré, front. et nombr. pl. sur acier, cart. perc. grenat, non coupé.

7. The Select Works of John Bunyan ; with introductory lectures on the Pilgrim's Progress by The Rev. Robert Maguire... illustrated by a series of beautiful steel engravings, from original drawings, by Warren, Melville and others. *London and New-York, s. d.* 2 tomes en 1 fort vol. gr. in-8, texte, portr. frontispices et nombr. pl. gr. sur acier, bas. ant. rac. fil. (*Dos fatigué.*)

---

8. Camille Flammarion. Le Monde avant la création de l'homme. Origines de la vie ; origines de l'humanité. — La Création de l'homme et les premiers âges de l'humanité, par Henri Du Cleuziou. — *Paris, Marpon et Flammarion*, 1886-1887. — Ens. 2 vol. gr. in-8, nombr. pl. cartes et fig. en noir et en couleur, demi-rel. bas. bleue.

9. A Voyage to the Islands Madera, Barbados, Nieves, S. Christophers and Jamaica, with the natural history of the herbs and trees, four-footed beast, fishes, birds, insects, reptiles, etc. of the last of those Islands... by Hans Sloane. *London*, 1707-1725, 2 vol. in-fol. carte et nombr. pl. gr. v. brun ant. (*Rel. du tome II fatig.*)

Ouvrage très rare.
La carte est doublée ; déchirures et cassures à quelques planches ; mouillure au tome II.

10. La Botanique mise à la portée de tout le monde, ou Collection des plantes d'usage dans la médecine, dans les alimens et dans les arts... Exécuté et publié par les S[r] et D[e] Regnault. *Paris, chez l'auteur*, 1774, 3 vol. in-fol. 2 titres-front. et 298 pl. gr. et *coloriées* (*sur 467, ou 475, d'après Brunet*), demi-rel. bas. *très fatiguée*.

Le tome III incomplet du titre est fortement mouillé ; déchirure à 2 ff. de texte.

11. Voyage de Humbold et Bonpland (aux régions équinoxiales du nouveau Continent, fait dans les années 1799 à 1804). Sixième partie, *Botanique*. Nova genera et species plantarum. *Paris, Maze*, 1820-1825, 4 vol. gr. in-fol. pl. gr br.

Tomes IV à VII des *Nova genera et species plantarum*, ornés de 415 planches gravées.
Exemplaire sur GRAND PAPIER VÉLIN avec les planches COLORIÉES.
Mouillure au tome VII.

12. George Shaw : General Zoology, or, systematic natural history. *London, Davison*, 1800-1802, 3 tomes en 6 vol. gr. in-8 nombr. pl. gr. demi-rel. v. r. avec coins, fil. (*Mammalia*, 2 tomes en 4 vol. et *Amphibia*, 1 tome en 2 vol.). — Zoological lectures delivered at the Royal Institution, in the years 1806 and 1807. *London, Kearsley*, 1809, 2 vol. pet. in-4, nombr. pl. gr. demi-rel. bas. brune *fatiguée*. — Ens. 8 vol.

Ouvrages remarquables pour les gravures dont ils sont ornés.

3. Histoire naturelle des Singes et des Makis, où chaque espèce est représentée accompagnée d'un texte italien, avec la traduction de ce même texte imprimé en langues allemande et française. Ouvrage présenté

avec ordre, par P. Hugues d'après les découvertes des plus célèbres naturalistes. *Milan, Hugues*, 1823, 1 tome en 2 vol. in-fol. texte en italien, en allemand et en français, titre avec un bel encadrement et nombr. pl. gr. demi-rel. bas. verte.

14. Histoire naturelle, générale et particulière des mollusques terrestres et fluviatiles... Œuvre posthume de M. le baron de Férussac... *Paris, Arthus-Bertrand*, 1819, 12 livraisons de *planches* in-fol.

Livraisons 1, 2, 4, 5 et 7 à 14, contenant 72 planches gravées, accompagnées d'un certain nombre de feuillets de texte. — Épreuves en double état AVANT LA LETTRE, en noir et COLORIÉES.

BEAUX-ARTS

15. Bibliothèque de l'enseignement des Beaux-Arts publiée sous la direction de M. Jules Comte. *Paris, Quantin*, 1886-1892, 22 vol. in-8, nombr. fig. et pl. gr. dont 1 vol. br. 1 en demi rel. chag. vert et 20 cart. perc. de différentes couleurs.

E. Babelon. Manuel d'archéologie Orientale. — C. Bayet : Précis d'histoire de l'art ; l'Art byzantin. — H. Bouchot. Le Livre. — M. Collignon. L'Archéologie grecque. — E. Corroyer : L'Architecture gothique ; L'Architecture romane. — A. de Champeaux. Le Meuble, 2 vol. — Vte H. Delaborde. La Gravure (2 exemplaires), — M. Duval. L'Anatomie artistique. — M. Duval et E. Cuyer. Histoire de l'anatomie plastique. — H. Havard. La Peinture Hollandaise. — V. Laloux. L'Architecture grecque. — H. Lavoix. Histoire de la Musique. — A. de Lostalot. Les Procédés de la gravure. — Maindron. L'Art indien. — J. Martha. L'Archéologie étrusque et romaine. — Mayeux. La Composition décorative. — E. Müntz. La Tapisserie. — L. Palustre. L'Architecture de la Renaissance.

16. Storia dell' Arte dimostrata coi monumenti, dalla sua decadenza nel IV secolo fino al suo risorgimento nel XVI, di G.-B.-L. Seroux d'Agincourt, tradotta ed illustrata da Stefano Ticozzi. *Prato, Giachetti*, 1826-1829, 3 tomes en 5 vol. in-fol. 325 pl. gr. demi-rel. chag. r. avec coins, fil. non rog.

Exemplaire numéroté (n° 23) provenant de la *Bibliothèque de San Donato*.

17. Arsène Alexandre. Histoire de l'Art décoratif du XVIe siècle à nos jours. Préface de Roger Marx. Ouvrage orné de 48 planches en couleur, 12 eaux-fortes et 526 dessins dans le texte. *Paris, Laurens, s. d.* (1891), in-fol. nombr. pl. en noir et en couleur et fig. cart.

ENVOI AUTOGRAPHE de l'auteur. — Nom gratté sur le faux-titre.

18. L'Art National. Etude sur l'histoire de l'art en France, par Henri Du Cleuziou. *Paris, Le Vasseur*, 1882-1883, 2 vol. in-4, pl. en noir et en couleur et nombr. fig. en feuilles, dans deux cartons, perc. grise.

Les Origines. La Gaule. Les Romains. — Les Francs. Les Byzantins. L'Art ogival. Exemplaire numéroté sur PAPIER DE HOLLANDE (n° 63), incomplet d'une planche.

19. L'Art dans l'Italie Méridionale. Tome premier, de la fin de l'Empire Romain à la conquête de Charles d'Anjou, par Emile Bertaux. Ouvrage accompagné de 404 figures dans le texte, 38 planches hors texte en phototypie et deux tableaux synoptiques. *Paris, Fontemoing*, 1904, 1 fort vol. in-4 de texte avec nombr. pl. et fig. br. et 2 grands tableaux pliés in-fol. dans un carton, dos de perc. bleue.

De *l'Ecole Française de Rome*.

20. L'Academia Todesca della Architettura, scultura et pittura: Oder Teutsche Academie der edlen Bau-Bild-und Malerey-Künste... durch Joachim von Sandrart... *Nürnberg, Sandrart*, 1675, 2 tomes en 1 vol. gr. in-fol. front. nombr. portr. et pl. gr. vélin à recouvr. dos orné, fil. comp. et milieu dor. tr. dor. (*Rel. de l'époque.*)

Tomes I et II de la PREMIÈRE ÉDITION de cet ouvrage rare et recherché, à cause de ses belles gravures, qui sont ici du PREMIER TIRAGE.

21. Le Japon artistique. Documents d'art et d'industrie réunis par S. Bing. *Paris, Marpon et Flammarion*, 1888-1891, 6 tomes en 36 livraisons in-4, nombr. pl. et fig. en noir et en couleur, *couvertures illustrées.*

Collection complète.

22. Comment discerner les Styles du VIIIe au XIXe siècle... par L. Roger-Milès. *Paris, Rouveyre*, s. d. 2 vol. in-4, pap. vélin teinté, nombr. pl. hors texte et fig. dans le texte, cart. fers spéciaux, non rog.

Architecture et Décoration. — Le Costume et la Mode.
Exemplaire monté sur onglets.

23. Perspectiva pictorum et architectorum Andreæ Putei. *Romæ, Antonii de Rubeis*, 1700-1702, 2 vol. in-fol. texte latin et italien, front. et nombr. pl. gr. bas. ant. *fatiguée.*

24. Anatomie artistique. Description des formes extérieures du corps humain au repos et dans les principaux mouvements, par le Dr Paul Richer... avec 110 planches renfermant plus de 300 figures dessinées par l'auteur. *Paris, Plon*, 1890, 2 vol. gr. in-4 dont 1 de texte br. et 1 contenant 110 pl. en feuilles, dans un carton, dos de perc. r.

25. Abrégé de la vie des plus fameux Peintres, avec leurs portraits gravés en taille-douce, les indications de leurs principaux ouvrages... par M*** (Desallier d'Argenville). *Paris, Debure*, 1762, 3 vol. in-8, front. et nombr. portr. gr. demi-rel. bas. brune *fatiguée.*

Tomes I à II de la dernière édition de cet ouvrage estimé et devenu rare.

26. HISTOIRE DES PEINTRES de toutes les écoles, par MM. Charles Blanc, Paul Mantz, Auguste Demmin. *Paris, Renouard*, 1868-1877, 17 parties en 12 vol. gr. in-4, nombr. fig. dans le texte, demi-rel. chag. brun avec coins, dos orné, fil. tête r. ébarbé.

27. Les Amours de Psyché et de Cupidon, représentés par Raphaël en trente-deux compositions gravées au trait et expliquées par l'abrégé de l'épisode du Roman d'Apulée, qui en a fourni les sujets. *Paris, Bance*, 1820, in-4, pl. gr. demi-rel. chag. noir.

28. Album de la Galerie de Rubens, dite du Luxembourg, composée de 25 tableaux gravés sur acier par les premiers artistes avec un beau portrait de Rubens dessiné et gravé par Leclerc, accompagné de l'explication allégorique de chaque sujet et d'un résumé de la vie de Rubens. *Paris*, s. d. in-fol. portr. et 24 pl. gr. sur acier, cart. perc. r. fers spéciaux, tr. dor.

29. I Celebri Freschi di Gaspare Possino nella Chiesa di S. Martino a' Monti in Roma rappresentati i miracolosi fatti dé SSti Elia ed Eliseo ora per la prima volta incisi da Pietro Parboni. *Roma, Antoni*, 1810, gr. in-fol. titre et 12 pl. gr. br.

30. La Ménagerie du Muséum National d'histoire naturelle, ou les Animaux vivants, peints d'après nature par le citoyen Maréchal... et gravés... par Miger... avec une note descriptive et historique pour chaque animal, par Lacépède et Cuvier. *Paris, Miger, an X-1801*, gr. in-fol. 40 pl. gr. demi-rel. v. brun.

Les plats de la reliure sont détachés du volume.

31. Les Galeries publiques de l'Europe, par M.-J.-G. Armengaud. *Paris, Lahure*, 1859-1866, 3 vol. in-fol. nombr. portr. et fig. dans le texte, demi-rel. chag. r. plats perc. fers spéciaux, tr. dor.

Rome. — Gênes, Turin, Milan, Parme, Mantoue, Venise, Bologne, Pise. — Florence, Naples, Pompéi.

32. Galeries historiques de Versailles dédiés à Sa Majesté la Reine des Français, par Ch. Gavard... MM. Calamatta et Mercuri. *Paris, Treuttel et Würtz*, 1840-1843, 3 vol. gr. in-fol. 336 pl. sur Chine avec texte explicatif en regard orné de nombr. vign. cuir de R. fil. et dent. à froid.

Très belle publication, dont nous avons les parties ou séries suivantes : Série V. Campagnes de 1792 à 1795, 44 pl. — Série VI. Campagnes de 1796 à 1799. Expédition d'Egypte. Consulat. Années 1799 à 1804, 93 pl. — Série VII. Règne de Napoléon. Empire. Années 1804 à 1814, 122 pl. — Série X. Portraits divers, 77 pl. la plupart ornées de 2 portraits.
Timbre de la Bibliothèque de San Donato.

33. Dickinsons' comprehensive Pictures of the Great Exhibition of 1851, from the originals painted for H. R. H. Prince Albert, by Messrs. Nash, Haghe and Roberts... *London, Dickinson*, 1852-1854, 2 vol. très gr. in-fol. 55 pl. *coloriées*, chag. vert. fil. dor. et comp. à froid. *(Rel fatiguée.)*

Timbre de la Bibliothèque de San Donato.

34. Exposition Meissonier. *Paris, mars* 1893, gr. in-4, portr. et pl. br.

60 planches gravées à l'eau-forte, avec les légendes sur papier de soie.

35. Les Maîtres du Dessin. Publication mensuelle contenant la reproduction en héliogravure des plus beaux dessins de toutes les Ecoles... sous la direction de M. Roger Marx. *Paris*, 1900-1901, 2 vol. gr. in-4 en 24 livraisons, nombr. pl. en héliogravure, couvertures.

Tome I. Ecole moderne. Les Dessins du Musée du Luxembourg. — Tome II. Les Dessins français du siècle à l'Exposition Universelle de 1900.

36. Imitations of Claude Lorraine, by F. C. Lewis, engraved from the drawings in the Bristish Museum. *London, Lewis*, 1837, in-fol. titre-front. 2 ff. de texte et 20 pl. gr. et teintées, cart.

37. Collection des Goncourt. Dessins, aquarelles et pastels du XVIIIe siècle. *Paris*, 1897, in-4, pap. vélin, portr. pl. et fac-similé, br.

41 planches en héliogravure.

38. Œuvres de John Flaxman, gravées par Réveil. *Paris, Réveil*, 1833, 7 parties en 2 vol. in-8 obl. *(sans titre général et sans texte)*, pl. gr. au trait, demi-rel. bas. bleue avec coins.

Homère : L'Iliade, titre et 35 pl. (sur 39) ; L'Odyssée, titre et 34 pl. — Tragédies d'Eschyle, 31 pl. y compris le titre. — L'Œuvre des jours et la Théogonie d'Hésiode, 37 pl. y compris le titre. — La Divine Comédie du Dante Alighieri (l'Enfer, le Purgatoire et le Paradis), titre et 110 pl.
Raccommodage aux 7 premières planches de l'Iliade d'Homère.

39. Iliade d'Homère, gravée par Thomas Piroli, d'après les dessins composés par Jean Flaxman, sculpteur à Rome. (Suite de 1 titre-front. et 39 pl. gr.) — Composizioni di Giovanni Flaxman scultore inglese tratte

dall'Odissea di Omero. Opera di proprieta dell'incisore Benjamino del Vecchio. (Suite de 35 pl. gr. y compris le titre-front.) — *S. l. n. d.* — Ens. 2 suites en 1 vol. in-4 obl. de 1 titre-front. et 74 pl. gr. cart. dos de perc. grise.

Tache à la marge supérieure des 4 premières planch s.

40. Album de Redouté, peintre de fleurs. *Paris, Bossange, s. d.* — Suite de 25 planches gr. et *coloriées* (y compris le titre-front.) en 1 vol. in-fol. cart.

41. Queen Victoria in Scotland, 1842. *London, Murray, s. d.* — Suite de 1 frontispice en couleur et 16 planches in-fol. lithogr. et tirées sur Chine, en feuilles dans un carton.

Mouillure à quelques marges.

42. Les Fleurs animées par J.-J. Grandville. Texte par Alph. Karr, Taxile Delord et le Cte Fœlix. Nouvelle édition, avec planches très soigneusement retouchées pour la gravure et le coloris par M. Maubert. *Paris, Garnier*, 1687, 2 vol. gr. in-8, nombr. pl. en couleur et vign. sur bois, chag. noir, dos orné, fil. et comp. à froid, tr. dor.

Cachet sur les faux-titres. — Les 2 derniers feuillets du tome I sont reliés à l'envers.

43. Œuvres choisies de Gavarni, revues, corrigées et nouvellement classées par l'auteur. Etudes de mœurs contemporaines. *Paris, Hetzel*, 1846-1848, 4 vol. gr. in-8, pl. gr. demi-rel. mar. brun à long grain, dos orné.

44. Douze Années comiques par Cham (1868-1879); 1000 gravures. Introduction par Ludovic Halévy. *Paris, Calmann Lévy*, 1880 (2 *exemplaires*). — La Mascarade humaine; 100 grandes compositions par Gavarni. Introduction par Ludovic Halévy. *Paris, Calmann Lévy,* 1881. — Ens. 3 vol. in-4, pl. gr. cart. perc. r. fers spéciaux.

45. Psst...! Images par Forain et Caran d'Ache. *Paris, Plon*, 1898-1899, 2 années en 85 numéros in-fol. fig. avec les couvertures illustrées.

46. Albert Guillaume. Mon Sursis, album militaire inédit en couleurs, préface de Richard O'Monroy. *Paris, Simonis Empis, s. d.* in-4, fig. en couleur, br. — Henry Gerbault. Boum, Voilà! Album inédit en couleurs, préface de Sully-Prudhomme. *Paris, Simonis Empis, s. d.* in-4, pl. en couleur, br. — Albert Guillaume. L'Année (1901-1902). *Paris, Simonis Empis*, 1902, in-8, br. — Ens. 3 vol. br. *couvertures illustrées.*

Exemplaires sur PAPIER DE JAPON.

47. Caricatures, portraits, costumes, armoiries, animaux, oiseaux, fleurs, fruits et figures diverses. — Recueil factice d'environ 825 pièces gr. et lithogr. en noir et en couleur, collées sur papier en 3 vol. in-fol. et in-4, rel.

48. Notman's Photographic selections. Second series. *Montréal, printed by John Lovell*, 1865, in-fol. de 4 ff. pour le titre et la table et 48 pl. en photog. demi-rel chag. grenat, plats perc. fil. tr. dor.

On a ajouté 26 photographies collées sur carton de format in-4 et in-fol.

49. Figures bibliques. *S. l. n. d. et sans titre.* — Suite de 75 planches gr. numérotées de 2 à 76 en 1 vol. pet. in-8, demi-rel. v. brun.

Une note placée en tête du volume dit que ces gravures appartiennent probablement aux *Vitæ Jesu Christi Mysteria*, par P.-J. Bourghesium, S. J. *Antverp.* 1622, 76 fig. par Boetium a Bolswert.

50. Biblia Pauperum, reproduced in fac-simile, from one of the copies in the British Museum ; with an historical and bibliographical introduction, by J. P. Berjeau. *London, Smith*, 1859, gr. in-4 de 38 pp. de texte et 40 pl. demi-rel. chag. vert avec coins.

Tiré à très petit nombre.

51. Canticum Canticorum, reproduced in fac-simile, from the Scriverius copy in the British Museum, with an historical and bibliographical introduction, by J. Ph. Berjeau. *London, Trübner*, 1860, gr. in-4 de 36 pp. de texte et 16 pl. vélin mod. estampé, tête dor.

Tiré à très petit nombre. — Trou à la marge inférieure de la dernière planche.

52. Amorum Emblemata, figuris æneis incisa studio Othonis Vænii Batavo Lugdunensis. *Antverpiæ*, 1608, pet. in-4 obl. texte en latin, en flamand et en français, front. et 124 fig. gr. demi-rel. bas. violette.

Raccommodage au titre ; mouillures.

53. Amoris divini Emblemata, studio et ære Othonis Vænii concinnata. *Antverpiæ, ex officina Martini Nutii et Joannis Meursii*, 1615, in-4, texte en latin, en espagnol, en hollandais et en français et 60 fig. gr. v. ant. marb. fil.

54. Le Théâtre moral de la vie humaine, représentée en plus de cent Tableaux divers, tirez du poète Horace, par le sieur Otho Venius, et expliquez en autant de Discours moraux par le sieur de Gomberville, avec la table du philosophe. *Bruxelles, Foppens*, 1678, 2 parties en 1 vol. in-fol. portr. planche et nombr. fig. sur cuivre, v. ant.

Le texte de cet ouvrage est la réimpression de celui de la *Doctrine des mœurs* par Gomberville, imprimé à Paris en 1646, et les planches sont celles des *Horatii Emblemata* par Otho Vænius.
Taches de rousseur.

55. Le Temple des Muses, orné de LX Tableaux, où sont représentés les évènemens les plus remarquables de l'Antiquité fabuleuse, dessinés et gravés par B. Picart le Romain et autres habiles maîtres et accompagnés d'explications et de remarques... (par de La Barre de Beaumarchais). *Amsterdam, Chatelain*, 1733, in-fol. front. et 60 pl. gr. v. ant. granit, fil. tr. dor. (*Rel. restaurée.*)

Premier tirage.

56. Histoire d'Angleterre, représentée par figures accompagnées de discours. Les figures gravées par François-Anne David, le discours par Le Tourneur et Guyot. *Paris, David*, 1784, 2 vol. in-4, front. et nombr. pl. gr. v. ant. rac. dos orné, fil.

57. Abrégé de l'Histoire romaine, orné de 49 estampes gravées en taille-douce avec le plus grand soin, qui en représentent les principaux sujets. *Paris, Nyon*, 1789, in-4, front. et 46 pl. (sur 48) par Piauger, Eisen, Gravelot, Saint-Aubin... v. ant. écaille, fil. tr. marb.

Exemplaire du premier tirage, incomplet des planches 3 et 4.

58. Figures de l'Histoire de la République Romaine, accompagnées d'un précis historique. Ouvrage exécuté d'après le dessin de S. de Myris. *Paris, Myris, an VIII* (1800), 2 vol. in-4 de 132 pl. gr. (*sur 180 et sans titre*) numérotées de 1 à 132, demi-rel. bas. rac.

59. Raccolta di N° 100 Soggetti li più rimarchevoli dell'Istoria Greca inventati ed incisi da Bartolomeo Pinelli, illustrata da Fulvia Bertocchi. *Roma, Poggioli,* 1821, in-4 obl. texte italien et français et 100 pl. gr. demi-rel. bas. verte.

60. L'Orlando furioso di Messer Lodovico Ariosto, inventato, ed inciso all' acquaforte, in cento rami, da B. Pinelli. *Roma,* 1828. — Suite de 1 titre-frontispice et 100 pl. gr. et montées sur onglets en 1 vol. in-fol. demi-rel. bas. mod. marb.

Belles épreuves à toutes marges de cette suite rare et recherchée.
Mouillure à la marge inférieure de quelques planches: trou à la marge supérieure des 2 dernières.

61. Art Journal plates. (Réunion de 519 planches en 5 vol.) — Gems of Art, etc. plates. (Réunion de 147 planches en 1 vol.) — *London, Virtue, s. d.* (1849-1863). — Ens. 666 planches gr. sur acier (*sans titre ni texte*) en 6 vol. gr. in-4, demi-rel. chag. bleu avec coins.

62. Château de Versailles. Salle de Constantine. Réunion de 16 planches in-fol. gr. extraites des *Galeries historiques de Versailles par Gavard,* fixées sur bristol, dans un carton. — Société Archéologique de Constantine. Réunion de 5 planches in-fol. et très gr. in-fol. représentant des Mosaïques et lithogr. en *couleur*, soigneusement remontées sur des cartons. — Ens. 21 planches.

63. Armand Dayot. La Révolution Française... d'après des peintures, sculptures, gravures, médailles, objets du temps. *Paris, Flammarion, s. d.* in-4 obl. nombr. portr. fig. et fac-similés, demi-rel. chag. r. plats perc. dos orné, fil. fers spéciaux, tête dor.

64. La Guerre. *Marseille,* 1893-1895. — Suite de 14 eaux-fortes in-fol. de Valère Bernard portant chacune, comme légende, une strophe d'un poème du graveur, en feuilles, dans un carton illustré.

Epreuves d'artiste sur Japon en un seul état et *signées à la main.*

65. Images des Héros et des grands hommes de l'Antiquité, dessinées sur des médailles.. par J.-Ange Canini, gravées par Picart le Romain, etc. *Amsterdam, Picart,* 1731, in-4 (texte italien et traduction française par de Chevrières), 116 portr. gr. demi-rel. bas. *très fatiguée.*

Bonne édition.
Exemplaire contenant les 10 derniers portraits qui sont sans texte et qui manquent souvent. — Les plats de la reliure sont détachés du volume.

66. The History of England during the reign of Charles I, by David Hume. *London, Bensley,* 1807, in-fol. 32 beaux portr. ou pl. gr. cuir de R. dos orné, fil. dent. et comp. dor. et à froid,dent.int. tr. dor. (*Rel. défraîchie.*)

67. Panthéon des Illustrations françaises au XIXe siècle, comprenant un portrait, une biographie et un autographe de chacun des hommes les plus marquants dans l'administration, les arts, l'armée, le barreau, le clergé, l'industrie, etc., etc. publié sous la direction de Victor Frond. *Paris, Pilon, s. d.,* 12 vol. in-fol. nombr. portr. gr. et fac-similés, demi-rel. chag. de différentes couleurs, plats perc. dos orné, tr. dor.

68. Portraits of eminent Conservatives and Statesmen, with genealogical and historical memoirs. *London, Virtue, s. d.* 2 parties, ou séries, en 1 vol. gr. in-4, 71 portr. gr. sur acier et 71 blasons, v. r. dos orné, large dent. et milieu dor. tr. dor.

Première série: 35 portraits, *sans titre ni table.* — Deuxième série: 36 portraits, *avec titre, préface et table.*
Taches de rousseur.

69. Les Actrices de Paris. Portraits de E. de Liphart, texte par MM. Emile Bergerat, Daniel Bernard, Emile Blémont, Jules Claretie, etc. *Paris, Launette*, 1882, pet. in-4, portr. front. culs-de-lampe, en feuilles, dans un carton perc. grise.

Tiré à petit nombre.
Un des 50 exemplaires (n° 7) sur PAPIER DU JAPON, avec les portraits en deux états : en noir et en sanguine, AVANT LA LETTRE.

70. Types et Uniformes. L'Armée Française, par Edouard Detaille. Texte par Jules Richard. *Paris, Boussod et Valadon*, 1885-1889, 2 vol. in-fol. nombr. pl. en noir et en couleur et fig. demi-rel. chag. brun avec coins, dos orné, fil. tête dor.

71. Tenue des Troupes de France à toutes les époques. Armées de terre et de mer. Aquarelles de Job. Texte par plusieurs membres de la Sabretache. *Paris*, 1900-1902, 26 livraisons in-4, nombr. pl. à l'aquarelle par Job, couvertures.

De janvier à décembre 1900, 12 livraisons et de novembre 1901 à décembre 1902, 14 livraisons.

72. Collection de Plans et Vues (XVIIe et XVIIIe siècles). — Réunion de 172 planches de double grandeur et montées sur onglets, gr. par R. C. Alberts, J. Blaeu, Guazzo, Romain de Hooghe, Rossi, etc. en 1 vol. in-fol. v. ant.

Importante réunion comprenant des plans et des vues des principaux monuments de Rome, Venise, Syracuse, Tivoli, Lucques, Mirandole, Modène, Mantoue, Milan, Trente, Turin, Vérone, Clissa, Cascades du Tibre. Salle du Grand Conseil à Venise, Cavalcade quand le Pape prend possession de l'Evêché de St-Jean de Lattran, Cérémonies des Conclaves des Papes à Rome, Genève antique, Salanche, etc., etc., avec une table alphabétique manuscrite.

73. Album pittoresque. Le Vieux Paris, d'après des dessins originaux et authentiques, avec notices historiques et descriptives. *Paris, Lith. Barousse, s. d.* in-4 obl. de 1 titre, 1 f. de texte et 24 pl. lithogr. en *couleur*, en feuilles, dans un carton dos de perc. r.

74. Vues Pittoresques de la Belgique et de ses monuments les plus remarquables, dessinés et gravés sur bois par les premiers artistes de Bruxelles. *Bruxelles, Muquardt, s. d.* gr. in-4 de 24 pl. gr. sur bois et teintées, cart. dos et coins de bas. blanche, fil.

75. La Toscane. Album monumental et pittoresque exécuté sous la direction de M. le prince Antoine Demidoff, dessiné d'après nature par A. Durand et Eugène Cicéri. *Paris*, 1863, in-fol. pl. lithogr. et teintées, en feuilles.

Ouvrage incomplet, dont nous avons 1 titre, une dédicace et 175 planches *dépareillées, ou en nombre.*

76. Original Views of London as it is. Drawn from nature expressly for this work and lithographed by Thomas Shotter Boys... with historical and descriptive notices of the views, by Charles Ollier. *London, Boys*, 1842, in-fol. texte anglais et français, front. et 25 pl. lithogr. demi-rel. bas. grenat, fil. fers spéciaux. (*Rel. défraîchie.*)

77. Samuel Ireland : Picturesque Views on the river Thames, from its source, in Glocestershire, to the Nore, with observations on the public buildings and other works of art in its vicinity ; 2 vol. — Picturesque Views on the Upper or Warwickshire Avon, from its source, at Naseby, to its junction with the Severn et Tewkesbury. — Picturesque Views on the river Medway, from the Nore to the vicinity of its source in Sussex. — Picturesque

Views on the river Wye, from its source, at Plinlimmon Hill, to its junction with the Severn below Chepstow. — *London, Egerton et Faulder*, 1792-1797. — Ens. 5 vol. in-4, frontispices et nombr. pl. à l'aquatinte, v. ant. rac. fil. (*Rel. défraîchie et un peu fatiguée.*)

Ouvrages peu communs.

78. Drawings of the London and Birmingham Railway, by John C. Bourne, with an historical and descriptive account by John Britton... *London*, 1839, in-fol. titre-front. et 30 pl. lithogr. demi-rel. bas. verte.

Taches aux marges supérieures de quelques planches.

79. The Tourist's Ramble in the Highlands. 36 plates of the most interesting and pittoresques Views of Scotland delineated from nature and lithographied, by Michel Bouquet. *London et Paris, Goupil, s. d.* in-fol. pl. lithog. et tirées sur Chine, cart.

80. Suecia antiqua et hodierna. *S. l. n. d.* (*Holmiæ*, 1693-1715), 3 tomes en 1 vol. in-fol. obl. 13 pp. de texte pour la table et 354 pl. gr. (y compris une planche bis), v. ant. dent. et milieu dor. (*Rel. fatig.*)

Ouvrage rare dont il n'existe que peu d'exemplaires. Les planches bien dessinées et bien gravées représentent des villes, des ports de mer, des palais, des vues intéressantes et divers objets d'antiquité suédoise. Le texte qui est extrêmement rare manque à notre exemplaire.

81. Stamboul. Souvenirs d'Orient, par Presiosi. *Paris, Impr. Lemercier*, 1858. — Album in-fol. obl. de 30 pl. en couleur y compris le titre-frontispice, cart. *déboité.*

82. Voyage pittoresque de la Syrie, de la Phénicie, de la Palestine et de la Basse-Egypte, gravé sur les dessins de L.-F. Cassas. *Paris*, 1799, in-fol. pl. gr. cuir de R. quadrillé, fil. et comp. (*Rel. fatiguée.*)

Fragment de cet ouvrage qui n'a jamais été terminé. Nous en possédons le prospectus (*7 pages sans titre*) et 121 planches AVANT LA LETTRE (*sans texte*).

83. Syria, the Holy Land, Asia Minor, etc. illustrated in a series of Views drawn from nature, by W. H. Bartlett, W. Purser, etc., with descriptions of the plates, by John Carne. *London, Fisher*, 1836-1838, 3 vol. in-4, 3 front. et nombr. pl. gr. sur acier, demi-rel. v. f. avec coins, dos orné, tête dor.

84. J. Moore. Views in Rangoon. *London, Claye, s. d.* — Suite de 21 planches gr. dont 19 COLORIÉES (*sur 24, sans titre ni texte*) en 1 vol. in fol. cart. dos de bas. r.

85. L'Algérie illustrée. Publication artistique bi-mensuelle en photogravure par A. Leroux ; texte de Jean de Blida. *Alger, Leroux*, 1888-1892, 5 vol. in-fol. 158 pl. cart. perc. r.

Collection complète jusqu'en 1892.
Exemplaire monté sur onglets.

86. Egypt and Nubia ; from drawings made on the spot by David-Roberts, with historical descriptions, by William Brockedon, lithographed by Louis Haghe. *London, Moon*, 1849, 20 parties gr. in-fol. (*sur 21*) contenant 2 cartes et 113 pl. lithogr. et teintées (sur 120 ?) sous 2 chemises et dans 11 cartons.

La partie 14 manque et les parties 15 et 16 réunies sont incomplètes ; mouillures et taches à quelques planches.

87. Historica Narratio profectionis et inaugurationis Serenissimorum Belgii Principum Alberti et Isabellæ Austriæ archiducum... auctore Joanne Bochio. *Antverpiæ, ex officina Plantiniana, apud Joannem Moretum*, 1602, 3 parties en 1 vol in-fol, avec pagination suivie, 3 titres-front. et pl. gr. v. brun ant. estampé. (*Rel. fatiguée.*)

Livre curieux, orné de 28 belles planches gravées en taille-douce.

88. Lyk-Staetsie van zyne doorluchtigste hoogheid den heere Willem Carel Hendrik Friso, prince Van Orange en Nassau... gehouden den IV februari MDCCLII. Naeuwkeuriglyk nagetekent door P. van Cuyk junior, en in het kooper gebragt door J. Punt. *'sGravenhage, Gosse*, 1755, gr. in-fol, texte à 2 col. en hollandais et en français et pl. gr. et montées sur onglets, cart. dos de bas. r.

Funérailles de Guillaume-Charles-Henri, prince d'Orange, avec 11 planches de double grandeur, par P. V. Cuyck, gravées par J. Punt.

89. Descrizione delle feste celebrate in Parma l'anno MDCCLXIX per le auguste nozze di Sua Altezza Reale l'Infante Don Ferdinando colla reale Arciduchessa Maria Amalia. *Parma, Stamperia Reale, s. d.* (1769), gr. in fol. front. pl. vign. et culs-de-lampe gr. cart.

Magnifique ouvrage, l'un des plus beaux publiés en ce genre, avec texte italien et français et orné de 36 belles planches sur cuivre, par A. E. Petitot, gravées par Volpato, Baratti, Ravenet, etc.

90. Musée des Monumens français, ou Description historique et chronologique des statues en marbre et en bronze... des hommes et des femmes célèbres, pour servir à l'histoire de France et à celle de l'art... par Alexandre Lenoir. *Paris, an IX*-1800-1806, 6 vol. in-8, front. et nombr. pl. gr. demi-rel. bas. marb. avec coins.

Tomes I à V. — Le dernier vol. (*ou tome VI*), qui contient *l'Histoire de la Peinture sur verre* n'est pas tomé.

91. Les Sculpteurs Français contemporains. Recueil de 104 œuvres choisies précédé d'une introduction, par Léonce Bénédite. *Paris, Laurens, s. d.* (1898), gr. in-4 de 16 pp. de texte et 32 pl. en feuilles, dans un carton, perc. verte.

Tiré à petit nombre.
Envoi autographe de l'auteur.

92. Architecture, Antiquités, etc. — Réunion de 9 vol. in-fol. et in-4, nombr. pl. gr. rel. et dereliés.

A Treatise of the five orders of columns in architecture viz Toscan, Doric, Ionic, Corinthian and Composite. Written in french by Claude Perrault, made english by John James of Greenwich. *London, Motte*, 1708. — Miscellanea erudita antiquitatis in quibus marmora, statuæ, musica... numismata... curâ et studio Jacobi Sponii. *Lugduni*, 1685. — Musæ lapidariæ antiquorum in marmoribus carmina... auctore Joan.-Bap. Ferretio. *Vérone*, 1672. — Ad Monumenta etrusca operi Dempsteriano addita explicationes et conjecturæ. *Florentiæ*, 1726. — A Descriptive and historical account of various Palaces and public buildings (english and foreign)... by James Norris Brewer. *London*, 1821. — Le Vestigie e rarita di Roma antica, ricercate e spiegate da Francesco de' Ficoroni. *Roma*, 1744, 2 parties en 1 vol. (*Incomplet du titre*). — The Villas of the ancients, illustrated by Robert Castell. *London*, 1828. — The Bronzes of Siris now in the Brislish Museum. An archæological essay, by P. O. Bröndsted. *London*, 1836. — Spiegazione delle VI tavole delle Antichita' di Pesto .*S. l. n. d.* portr. et 6 pl. gr.

93. Architecture de André Palladio de Vincence, nouvellement mise au jour... enrichie de planches en taille-douce... et augmentée de quantités de bâtimens qui n'ont point paru jusqu'ici... Le tout traduit de l'italien. *Venise, Pasinelli*, 1740-1748, 6 tomes en 3 vol. in-fol. à 2 col. texte italien avec la traduction française, front. nombr. pl. vign. et culs-de-lampe gr. demi-rel. bas brune, *fatiguée*.

Tomes I à IV et tomes VII et VIII.
Mouillure à la fin du tome IV ; trou au titre italien du tome III.

94. Le Napoléonium. Monographie du Louvre et des Tuileries réunies, avec notice historique et archéologique. *Paris, Grim*, 1856, in-fol. de 36 pp. de texte et 62 pl. (sur 64), gr. lithog. ou en photogr. la plupart tirées sur Chine, demi-rel. chag. vert.

95. Monumens érigés en France à la gloire de Louis XV, précédés d'un tableau du progrès des arts et des sciences sous ce règne... par M. Patte... *Paris, Rozel*, 1767, in-fol. 57 pl. gr. v. ant. marb. dos orné, fil. tr. r.

96. Fontaines monumentales construites à Paris et projetées pour Bordeaux, par Ludovic Visconti, publié par Léon Visconti... *Paris, Firmin-Didot*, 1860, très grand in-fol. pap. vélin, 2 portr. et 14 pl. gr. et tirés sur Chine, demi rel. chag. brun.

97. Palatiorum Romanorum a celeberrimis sui ævi Architectis erectorum. *Sumptibus Joh. Jacobi de Sandrart, Norimbergæ*, 1694, 3 parties en 1 vol. in-fol. de 76 pl. gr. (y compris 3 titres-front.), bas. ant. *fatiguée.*

98. Palazzi di Roma de piu celebri Architetti disegnati da Pietro Ferrerio. *Roma, Rossi, s. d.* 2 parties de 2 titres-front. et 101 pl. gr. — Li Giardini di Roma, con le loro piante, alzate e vedute in prospettiva, disegnate ed intagliate, da Gio Battista Falda... *Roma, Rossi*, 1683, titre et 20 pl. gr. — Ens. 2 ouvrages en 1 vol. in-fol. obl. 121 pl. gr. demi-rel. cuir de R. avec coins.

99. Calli e Canali (Rues et Canaux) in Venezia. Monumenti. *(Venise), Ongania*, 1891, in-fol. titre et table imprimés et 50 pl. en héliogravures, en feuilles, dans un carton, fers spéciaux.

100. The Ancient Architecture of England. The Orders of Architecture during British, Roman, Saxon and Norman æras, by John Carter. *London*, 1795-18072, parties en 1 vol. in-fol. 2 titres-front. et 106 pl. gr. demi-rel. chag. r. avec coins, dos orné.

101. Plans, Elevations and sections of buildings executed in the counties of Norfolk, Suffolk, Yorkshire, Staffordshire, et cætera, by John Soane, architect... *London, Taylor*, 1788, in-fol. 47 pl. gr. v. ant rac. *fatiguée.*

102. Some account of the Collegiate Chapel of Saint Stephen, Westminster, by John Topham (avec un supplément par sir H.-C. Englefield). *London*, 1790, 28 pl. — Some account of the Cathedral Church of Exeter (by Carter). *London*, 1797, 11 pl. — Some account of the Abbey Church of Bath, by J. Carter. *London*, 1798, 10 pl. — Some account of the Cathedral Church of Durham. *London*, 1801, 11 pl. — Some account of the Cathedral Church of Gloucester. *London*, 1809, 17 pl. — Some account of the Abbey Church of St Alban. *London*, 1813, 19 pl. — Ens. 6 ouvrages en 2 vol. très gr. in-fol. 96 pl. gr. demi-rel. cuir de R. avec coins, fil. (*Rel. fatiguée.*)

Très belle publication, complète, faite par les soins de la Société des Antiquaires de Londres. Les planches sont gravées par James Basire d'après les dessins de John Carter et autres.

103. Views of the Cathedral Churches of England and Wales, with descriptions by John Chessell Buckler. *London, Nichols*, 1822, gr. in-4, nombr. pl. gr. demi-rel. bas. *défraîchie.*

104. Architectura Ecclesiastica Londini ; being a series of Views architectural and topographical, of the Cathedral, collegiate and parochial Churches, in London, Southwark et Westminster, With the adjoining pa-

rische... by Charles Clarke. *London, Booth*, 1810, in-fol. pl. gr. demi-rel. chag. bleu avec coins. fil. (*Reliure défraîchie.*)

Très belle publication, illustrée de 123 planches par John Coney, George Shepherd, etc.

105. L'Art dans la Décoration du Diplôme. Recueil de 104 documents modernes choisis et précédés d'une préface par Henri Bouchot. *Paris, Laurens, s. d.* (1898), gr. in-4 de 8 pp. de texte et 32 pl. en héliotypie, en feuilles dans un carton, perc. grise.

Tiré à petit nombre.
Envoi autographe de l'auteur.

106. Recueil de Miroirs, Tables, Cheminées, etc. *Paris, Mariette et Langlois, s. d.* — Réunion de 3 titres-front. et 56 pl. *diverses* gr. en 1 vol. in-4, vélin.

Jean Le Pautre : Livre de miroirs, tables et guéridons, titre-front. et 11 pl. ; Cheminées à la romaine, titre-front. et 10 pl. — Diverses Inventions, nouvelles pour des cheminées avec leurs ornemans de l'invention de Jean Marot, titre-front. et 35 pl.
Quelques planches sont consolidées ou remontées : taches.

107. Les Gemmes et Joyaux de la Couronne au Musée du Louvre expliqués par M. Barbet de Jouy, dessinés et gravés à l'eau-forte d'après les originaux par Jules Jacquemart. Introduction par M. Alfred Darcel. *Paris, Techener*, 1886, 2 parties en 31 livraisons gr. in-fol. pap. vergé et 60 pl. gr. à l'eau-forte, couvertures.

108. Archives de l'Empire. Inventaire et Documents publiés par ordre de l'Empereur sous la direction de M. le comte de Laborde. Layettes du Trésor des Chartes, par MM. Alex. Teulet et Joseph de Laborde. *Paris, Plon*, 1863-1875, 3 tomes en 4 vol. in-4 à 2 col. demi-rel. mar. r. avec coins, tête dor. ébarbé. (*R. Petit.*)

Tomes I à III.
La seconde partie du tome III, contenant la table, est brochée.

BELLES-LETTRES

109. Ductor in Linguas, the guide into tongues. Cum illarum harmonia et etymologiis, originationibus, rationibus et derivationibus in omnibus his undecim linguis, viz : Anglica, cambro-britanica, belgica, germanica, gallica, italica, lusitanica seu portugallica, latina, græca, hebrea, etc... Opera, studio... Johannis Minshæi. *Londini, Browne*, 1617, in fol. à 2 col. demi-rel. bas. fatiguée.

Première édition et la plus complète de cet ouvrage peu commun précédé de : *Vocabularium hispanico latinum et anglicum...* (du même auteur). *Londini, Browne, s. d.* 2 ff. prél. et 92 ff. non ch. à 4 col.

110. Etymologicon universale ; or, Universal etymological Dictionary on a new plan... with illustrations drawn from various languages : the teutonic dialects, english, gothic, saxon, german, danish, etc. etc. greek, latin, french, italian, spanish. The celtic dialects, galic. irish, welsh, Bretagne, etc. etc. (par Walter Whiter). *Cambridge*, 1811, 1 tome en 2 vol. in-4, demi-rel. v. brun avec coins.

111. Doctrina particularum linguæ græcæ ; auctore et editore Henrico Hoogeveen. *E Typographeo Dammeano*, 1769, 2 vol. in-4, titres-front. gr. cuir de R. quadrillé, fil. (*Rel. fatiguée*).

Première édition de cet ouvrage recherché et très bien imprimé.

112. Commentariorum linguæ latinæ. Stephano Doleto, Gallo Aurelio, autore. *Lugduni, apud Seb. Gryphium*, 1536-1538, 2 vol. in-fol. à 2 col. titres avec de beaux encadrements gr. sur bois, v. ant. granit, dos orné, fil. et comp. tr. dor. (*Rel. fatiguée.*)

Première édition de cet ouvrage rare et recherché.

113. Poetæ græci principes heroici carminis, et ali nonulli (græce)... Henrici Stephani tetrastichon de hac sua editione... *Excudebat Henricus Stephanus, illustri viri Huldrichi Fuggeri typographus*, 1566, 5 parties en 1 vol. in-fol. bas. r. ant.

Ce Recueil est rare et très recherché parce qu'il présente de bons textes revus par Henri Estienne et qu'il est bien imprimé.
Les 2 plats de la reliure sont détachés du volume.

114. Œuvres de Virgile, traduites en vers français par Tissot (Bucoliques), et Delille (Géorgiques et Enéide); en vers espagnols par Guzman... en vers italiens par Arici... en vers anglais par Warton... en vers allemands par Voss; (texte en regard d'après Heyne)... Edition polyglotte, publiée sous la direction de J. B. Montfalcon. *Paris, et Lyon*, 1838, fort vol. gr. in-8 à 2 col. cart. *non rog.*

115. Vieux Noëls illustrés. Airs primitifs recueillis et arrangés pour le piano, par l'abbé Rastier. Dessins par Hadol. *Paris, Hachette, s. d.* in-fol. texte encadré, front. et fig. cart. perc. brune.

116. Bibliothèque poétique, ou Nouveau choix des plus belles pièces de vers en tout genre, depuis Marot jusqu'aux poètes de nos jours, avec leurs vies et des remarques sur leurs ouvrages (par Adrien-Claude Le Fort de La Morinière). *Paris, Briasson*, 1745, 4 vol. in-4, front. gr. par Sornique, v. ant. marb.

117. Collection des auteurs classiques françois. *Paris, Didot l'aîné*, 1788-1797, 2 vol. in-4, pap. vélin, demi-rel. mar. bleu et citron, non rog.

Fables de La Fontaine. Imprimé par ordre du Roi pour l'éducation de Monseigneur le Dauphin. — Poésies de Malherbe.
Ouvrages tirés à petit nombre ; le dos de la reliure du premier est un peu fatigué.

118. Recueil de chansons choisies, 1752. — 11 vol. in-4, v. f. ant. dos orné, tr. r.

Manuscrit du XVIIIe siècle d'une bonne écriture, comprenant 1,813 feuillets contenant 1,883 chansons galantes et à boire, avec musique et table à chaque volume.

119. Anthologie des poètes français au XIXe siècle. *Paris, Lemerre, s. d.* 4 vol. in-8, demi-rel. v. bleu avec coins.

120. L'Année des Poètes. Morceaux choisis, réunis par Charles Fuster. *Paris, Fischbacher*, 1890-1897, 8 vol. in-8, portraits, fig. et fac-similés, br.

Tomes I à VIII.

121. Fables de La Fontaine, avec les dessins de Gustave Doré. *Paris, Hachette*, 1868, pet. in-fol. texte encadré, nombr. pl. et fig. gr. sur bois, demi-rel. chag. r. plats perc. dos orné.

Premier tirage.
Taches de rousseur.

122. L'Agriculture, poème (par de Rosset). *Paris, Impr. Royale*, 1774, in-4, 2 front. 6 pl. fleuron et vign. par Marillier, de Loutherbourg et St-Quentin, vélin marb.

Belles illustrations.

123. Némésis, Satire hebdomadaire, par Barthélemy. *Paris, Perrotin*, 1832, 52 livraisons en 1 vol. in-4, texte encadré et vign. sur bois, v. bleu, dos orné, fil. comp. et milieu dor. et à froid, dent.

Edition originale, rare et complète. La première livraison est datée du 10 avril 1831 et la dernière du 1er avril 1832.
On a ajouté le *Prospectus-spécimen*, daté du 27 mars 1831, 8 pp. et le Supplément à la 16e livraison, intitulée : *L'Insurrection*, 8 pp.

124. Le Purgatoire (et le Paradis) de Dante Alighieri, avec les dessins de Gustave Doré. Traduction française de Pier-Angelo Fiorentino accompagnée du texte italien. *Paris, Hachette*, 1868, in-fol. nombr. pl. gr. sur bois, demi-rel. chag. r. avec coins, dos orné, fil. (*Rel. défraîchie.*)

Premier tirage.
Léger raccommodage au faux-titre ; cassure à une planche ; taches de rousseur.

125. L'Orlando furioso di Messer Lodovico Ariosto. *Livorno, Tommaso Masi*, 1816, 4 vol. in-12, portr. et nombr. fig. gr. vélin.

126. Il Malmantile racquistato, di Perlone Zipoli (Lorenzo Lippi), colle note di Puccio Lamoni (Paolo Minucci) e d'altri. *Firenze, Moücke*, 1750. 2 vol. in-4, front. et 2 portr. gr. vélin.

Belle édition donnée par Jacq. Carlieri ; elle est plus complète et plus correcte que celle de 1731.

127. Scherzi poetici e pittorici (da Gio.-Gher. Rossi). *Parma, co'tipi Bodoniani*, 1795, in-4, front. et 40 pl. gr. demi-rel. bas. ant.

Exemplaire sur papier fort, avec les planches coloriées, dans le genre étrusque.
Le second plat de la reliure est cassé.

128. The Works of the English poets, from Chaucer to Cowper, including the series edited, with prefaces biographical and critical, by Dr. Samuel Johnson : and the most approved translations. The additional lives by Alexander Chalmers. *London, Johnson*, 1810, 21 vol. gr. in-8 à 2 col. demi-rel. bas. verte.

129. Essai sur l'Homme, par Monsieur Alexandre Pope. Traduction française en prose, par M. S**** (de Silhouette). Nouvelle édition, avec l'original anglois, ornée de figures en taille-douce. *Lausanne et Genève*, 1745, in-4, texte anglais et traduction française, portr. front. et 4 pl. par Delamonce, cart. dos de bas. r. *non rog.*

130. Samuel Coleridge. La Chanson du vieux marin, traduite par A. Barbier et illustrée par Gustave Doré. *Paris, Hachette*, 1877, in-fol. front. pl. et fig. sur bois, cart. perc. r. fers spéciaux.

131. Las Comedias de D. Pedro Calderon de la Barca, cotejadas con las mejores ediciones hasta ahora pubicadas... por Juan Jorge Keil. *Leipsique, Fleischer*, 1827-1830, 4 vol. gr. in-8 à 2 col. portr. gr. cart.

Bonne édition recherchée.
Taches de rousseur.

132. Œuvres complètes de Shakspeare, traduction entièrement revue sur le texte anglais par M. Francisque Michel, et précédée de la vie de Shakspeare par Thomas Campbell. *Paris, Firmin-Didot*, 1855, 3 vol. gr. in-8 à 2 col. demi-rel. chag. r.

133. The Adventures of Gil Blas of Santillane translated from the french of Le Sage. A new edition with engrawings from paintings, by Robert Smirke. *London, Robinson*, 1822, 4 vol. in-12, nombr. fig. par Smirke, demi-rel. v. f. avec coins, dos orné.

134. Victor Hugo. Notre-Dame de Paris. Edition illustrée d'après MM. E. de Beaumont, L. Boulanger, Daubigny, Johannot, etc. *Paris, Perrotin*, 1850, in-8, front. pl. gr. sur bois, demi-rel. chag. bleu avec coins, dos orné, fil. tête dor. non rog.

135. Théophile Gautier. Le Capitaine Fracasse, illustré de 60 dessins de Gustave Doré. *Paris, Charpentier*, 1866, gr. in-8, 60 pl. gr. sur bois, demi-rel. chag. grenat avec coins, fil. tr. peigne.

PREMIER TIRAGE.

136. Adventures of Don Quixote de la Mancha, translated from the Spanish of Miguel de Cervantes Saavedra, by Charles Jarvis .. Illustrated by Tony Johannot. *New-York, Leavitt and Allen, s. d.* (1839), 2 vol. gr. in-8, texte encadré, front. et nombr. fig. gr. sur bois, demi-rel. chag. grenat avec coins.

137. Waverley Novels. *Edinburgh, Cadel*, 1842-1846, 12 vol. gr. in-8, frontispices, nombr. portr. et pl. sur acier et vign. sur bois, cart. perc. grenat, fers spéciaux, non rog, (*Rel. défraîchie.*)

Belle édition, connue sous le nom de *Abbotsford Edition*.
Mouillures.

138. Walter Scott illustré. Traduction de M. P. Louisy. Dessins de MM. Lix, Adrien Marie, Riou et H. Scott. *Paris, Firmin-Didot*, 1880-1889, 17 vol. gr. in-8, nombr. fig. gr. sur bois, br.

Ivanhoé. — Quentin Durward. — Rob Roy. — Kenilworth. — L'Antiquaire. — Les Puritains d'Ecosse. — Guy Mannering. — La Jolie fille de Perth. — Waverley. — La Prison d'Edimbourg. — Le Monastère. — Redgauntlet. — L'Abbé. — La Fiancée de Lammermoor, suivi du Nain Noir. — Charles le Téméraire. — Woodstock. — Le Pirate.

139. Fenimore Cooper illustré. Traduction de M. P. Louisy. Dessins de M. Andriolli ; gravures de M. J. Huyot. *Paris, Firmin-Didot*, 1884-1886, 4 vol. gr. in-8, front. et nombr. fig. gr. sur bois. br.

Le Dernier des Mohicans. — L'Espion. — Les Pionniers. — La Prairie.

140. Œuvres complètes de Cicéron avec la traduction en français, publiées sous la direction de M. Nisard. *Paris, Firmin-Didot*, 1859, 5 vol. gr. in-8 à 2 col. demi-rel. chag. noir.

De la *Collection des auteurs latins avec la traduction en français*.

141. Œuvres complètes de J.-J. Rousseau. Nouvelle édition, classée par ordre de matières et ornée de quatre-vingt-dix gravures. *S. l.* (*Paris*), 1788-1793, 38 vol. in-8, frontispices, nombr. fig. par Moreau, Marillier, Le Barbier, Leclerc... pl. de botanique et musique gr. v. ant. écaille, dos orné, fil. tr. dor.

Exemplaire avec les planches de botanique COLORIÉES.
Taches à 8 volumes.

142. Œuvres de Alfred de Musset, ornées de dessins de M. Bida gravées en taille-douce. *Paris, Charpentier*, 1867, in-4 à 2 col. portr. par Flameng, 28 pl. par Bida, demi-rel. chag. vert, dos orné.

143. Tutte l'Opere di Nicolo Machiavelli... con una prefazione di Giuseppe Baretti. *Londra, Davies*, 1772, 3 vol. in-4, portr. et pl. gr. v. f. ant. dos orné, fil. (*Rel. fatiguée.*)

144. The Miscellaneous Works of Oliver Goldsmith .. edited by Washington Irving. *Paris, Galignani*, 1825, 4 vol. gr. in-8, portr. gr. demi-rel. bas. brune.

Exemplaire avec le portrait en 4 états, dont 3 sur CHINE et 1 à l'état d'EAU-FORTE. Mouillures.

145. Auteurs Grecs et Latins. — Réunion de 9 vol. in-fol. et in-4, dont 7 vol. rel. et 2 cart. (*Rel. fatiguées.*)

Lycophronis Chalcidensis Alexandra, cum græcis Isaacii Tzetzis commentariis... cura et opera Joh. Potteri. *Oxonii*, 1697, front. gr. — Pindariana ; or Peters's portfolio... by Peter Pindar. *London*, 1794. — Titi Lucretii Cari de rerum natura libros sex, interpretationes et notis illustravit Michael Fayus. *Parisiis*. — The Nature of things, a dedascalic poem, translated from the latin of Titus Lucretius Carus... by Thomas Busby. *London*, 1813. 2 vol. portr. — L'Opere di Virgiliano Mantoano, cioè, la Bucolica, la Georgica, e l'Eneide, commentate in lingua volgare toscana, da Giovanni Fabrini da Fighine, Carlo Malatesta da Rimene e Filippo Venuti da Cortona. *Venetia*, 1609, fig. sur bois. — M. Accius Plautus ex fide, atque auctoritate complurium librorum manuscriptorum opera Dionys. Lambini... emendatus et commentariis explicatus... *Lutetiæ*, 1587. — Publii Terentii Afri Comediæ. *Birminghamiæ, Baskerville*, 1772. — L. Annæi Senecæ Tragœdiæ cum notis integris Johannis Fred. Gronovii... Omnia recensuit Joan. Casp. Schroderus. *Delphis. Beman*, 1728, front. gr.

146. Bibliothèque choisie en XXVIII vol., avec les tables générales des auteurs et des matières, dont il est parlé dans l'ouvrage, par Jean Le Clerc. *Amsterdam, Wetstein*, 1718, 28 vol. pet. in-12, front. gr. vélin.

Ex-libris gravé et armorié de Fred. CORNWALLIS sur 21 volumes.

147. Recueil de pièces fugitives. — 2 vol. in-4, vélin vert. (*Rel. fatiguée.*)

MANUSCRIT du XVIIIe siècle d'une bonne écriture, comprenant 331 feuillets contenant 91 pièces en prose et en vers par MM. Dorat, abbé Desfontaines, Mlle Favier, MM. Lambert, La Grange-Chancel, Marmontel, Poinsinet, Pope, J.-B. Rousseau, Voltaire, etc., etc., avec une table à chaque volume.

148. Publications de la Société des Bibliophiles bretons. *Nantes, Société des Bibliophiles Bretons*, 1878-1897. — Réunion de 16 vol. in-4, pap. vergé, br.

Tirés à petit nombre.
Exemplaires de M. DAMASCÈNE-MORGAND.
L'Imprimerie en Bretagne au XVe siècle. Etude sur les Incunables bretons, avec fac-simile contenant la reproduction intégrale de la plus ancienne impression bretonne. — La Commission Brutus Magnier à Rennes, par Hippolyte de La Grimaudière. — Le Roman d'Aquin ou la Conqueste de la Bretaigne par le roy Charlemaigne. Chanson de geste du XIIe siècle publiée par F. Jouon des Longrais. — Chronique de Bretagne de Jean de Saint-Paul, publiée avec notes et introduction par Arthur de La Borderie. — Œuvres nouvelles de Des Forges Maillard, publiées avec notes, introduction et étude biographique par Arthur de La Borderie et René Kerviler ; 2 vol. portr. — Anthologie des poëtes bretons du XVIIe siècle, par Stéphane Halgan, le comte de Saint-Jean, Olivier de Gourcuff et René Kerviler, portr. — Le Bombardement et la machine infernale des Anglais contre Saint-Malo en 1693, avec figures. — Inauguration du monument élevé à la mémoire de dom Lobineau, 3 mai 1886, pl. — Les Grandes Croniques de Bretaigne composées en l'an 1514 par maître Alain Bouchard. Nouvelle édition publiée par H. Le Meignen; 4 vol. — Guionvach, chronique bretonne par L. Kerardven. Nouvelle édition avec frontispice et nombreuses illustrations de M. Th. Busnel, l'introduction par M. René Kerviler. — Contes et légendes de Basse-Bretagne par Emile Souvestre, E. du Laurens de la Barre, F.-M. Luzel, introduction par Adrien Oudin ; frontispice et fig. — Dom Liron. Bibliothèque d'Anjou. Traité historique et critique des auteurs de cette province et de leurs ouvrages avec introduction et notes par Camille Ballu. (*Première série.*)

149. Half-Hours with the best authors ; selected and arranged with short biographical and critical notices, by Charles Knight. Illustrated with portraits. *London, Knight, s. d.* 4 vol. in-8 carré, nombr. gr. sur acier, demi-rel. v. bleu avec coins, dos orné.

HISTOIRE

150. Della Geografia di Strabone libri XVII, volgarizzati da Francesco Ambrosoli. *Milano, Molina*, 1827-1835, 5 vol. in-4, nombr. cartes et pl. gr. et pliées, chag. violet, dos orné, fil. tr. dor.

Un des rares exemplaires tirés in-4, sur PAPIER FIN, aux armes et au chiffre du marquis de MORANTE.

151. Geographia quæ est Cosmographiæ Blavianæ. *Amstelædami, Joannis Blaeu*, 1662, 9 vol. gr. in-fol. frontispices, nombr. cartes, pl. et fig. gr. vélin, fil. comp. et milieu dor. tr. dor. (*Rel. fatig.*)

Tomes I à V et VII à X.
Exemplaire monté sur onglets avec les planches COLORIÉES. — Mouillure aux tomes I et II.

152. Cassell's complete Atlas containing two hundred and sixty folio Maps (beautifuly engraved and couloured). *London, Cassel, s. d.* gr. in-fol. 260 cartes ou plans en noir et *en couleur*, cart. dos de bas. verte, tr. dor.

153. Atlas, Albums, etc. — Réunion de 10 vol. de différents formats (*la plupart sans titres*), pl. et cartes gr. cart. rel. ou br.

Abrégé de l'Histoire des Voyages, par La Harpe. *Paris, s. d.* Atlas de 73 cartes. — Mémoires sur les opérations des Français en Galice en 1809. *Paris*, 1809, 6 plans ou cartes. — Bataille de Preussisch-Eylau, le 8 février 1807. *Paris*, 1807, 5 cartes ou plans gr. — Atlas pour le voyage militaire dans l'Empire Ottoman du Baron F. de Beaujour. *Paris*, 1829, 5 cartes gr. — Gouvion-Saint-Cyr. Armée de Catalogne. *Paris*, 1821. Atlas de 14 pl. ou cartes, gr. — Atlas du Voyage dans la Russie Méridionale, par le chevalier Gamba. *Paris*, 1826, 60 pl. ou cartes noires et en couleur. — Monumens des Victoires et conquêtes des Français de 1792 à 1815. *S. l. (Paris), s. d.* Album de 101 pl. gr. au trait avec le texte explicatif en regard, etc.

154. Le Théâtre des plans de toutes les villes qui sont situéez dans les XVII provinces du Pays-Bas parfaictement deseignéez. *Amsterdam, Frederick de Witt, s. d.* gr. in-fol. titre en latin, en hollandais et en français, front. gr. contenant 19 blasons, table imprimée et 124 plans ou pl. de double grandeur, gr. demi-rel. v. brun, *fatigué*.

Exemplaire monté sur onglets.
La plupart des plans ou planches sont entourés de blasons, de cartouches ou d'autres motifs de décorations.

155. Theatrum civitatum nec non admirandorum Neapolis et Siciliæ regnorum (par Joan. Blaeu). *Amstelædami, s. d.* in-fol. 26 plans ou pl. et fig. gr. (*sans titre*), v. ant. fil. armoiries sur les plats. (*Rel. fatig.*)

156. L'HYDROGRAPHIE FRANÇAISE, ou Recueil de Cartes dressées au dépôt des plans de la marine pour le service des vaisseaux du Roi, par Nic. Bellin et autres. *Paris*, 1792-1829, 7 vol. très gr. in-fol. (*sans titre général*), cartes gr. et montées sur onglets, demi-rel. bas. r. avec coins.

Neptune des Côtes septentrionales de l'Europe, 38 cartes. — Neptune des Côtes Occidentales de France, 85 cartes. — Neptune des Iles Britaniques, 49 cartes. — Neptune des Côtes Occidentales d'Espagne, de Portugal et d'Afrique, 40 cartes. — Neptune des Côtes Orientales et du grand Archipel d'Asie, 47 cartes. — Neptune de l'Amérique Septentrionale, 37 cartes. — Neptune des Côtes Occidentales d'Amérique sur le grand Océan, 30 cartes.
Quelques Cartes indiquées aux tables manquent ; par contre un certain nombre ont été ajoutées.
La marge extérieure de presque toutes les cartes sauf celles du volume des *Côtes Occidentales de France* est atteinte d'humidité ; la reliure de 6 volumes est détériorée.

157. Histoire générale des Voyages, ou nouvelle Collection de toutes les Relations de voyages par mer et par terre qui ont été publiées jusqu'à présent dans les différentes langues de toutes les nations connues,.. (par

l'abbé Prévost, avec la continuation par de Querlon et de Surgy), enrichie de cartes géographiques, de plans et de perspectives, de figures d'animaux, de végétaux, habits, antiquités, etc. *Paris et Amsterdam*, 1746-1770, 19 vol. in-4 (*sur 20*), portr. nombr. cartes et pl. gr. v. ant. écaille, dos orné.

Tomes I à XIX.
Exemplaire aux armes du MARQUIS DE HAUTEFORT.

158. Voyages. — Réunion de 6 vol. in-4, nombr. pl. et cartes gr., rel. ou cart. (*Rel. très fatig.*)

Relation du Voyage de la Mer du Sud aux côtes du Chily et du Pérou, fait pendant les années 1712 à 1714, par M. Frezier. *Paris*, 1716. — A Voyage round the World in the years 1740 à 1744, by George Anson, compiled by Richard Walter. *London*, 1748. — A Voyage round the World in the years 1766 and 1769, by Lewis de Bougainville, translated from the french, by J.-Reinhold Forster. *London*, 1772. — A. Voyage towards the North Pole, 1773, by B. John-Phipps. *London*, 1774. — Le même ouvrage, traduit de l'anglais. *Paris*, 1775. — A Voyage round the World in the years 1803-1806, by Urey Lisianski. *London*, 1814.

159. Promenade autour du Monde 1871, par M le Baron de Hübner. Cinquième édition, illustrée de 316 gravures dessinées sur bois par nos plus célèbres artistes. *Paris*, *Hachette*, 1877, gr. in-4, portr. sur Chine, nombr. pl. hors texte et fig. dans le texte, demi-rel. chag. r. plats perc. fers spéciaux, tr. dor.

Taches de rousseur.

160. Travels in various countries of Europa, Asia and Africa, by Ed. D. Clarke, 11 vol. — The Life and Remains of Edward Daniel Clarke... by the Rew. William Otter, 2 vol. — *London, Cadell and Covies*, 1817 1825. — Ens. 13 vol. in-8, portr. cartes et nombr. pl. gr. v. f. dos orné, fil. (*Rel. unif. défraichie.*)

161. Richard Chandler : Travels in Asia minor. — Travels in Greece : or, an account of a tour made at the expense of the Society of Dilettanti. — *Oxford*, 1775-1776. — Ens. 2 vol. in-4, cartes et pl. gr. demi-rel. v. vert, dos orné.

PREMIÈRE ÉDITION de ces deux Relations très estimées.
Le titre du premier ouvrage manque.

162. Antiquities and views in Greece and Egypt ; with the manners and customs of the inhabitants, from drawings made on the spot, by Richard Dalton. *S. l.* (*London*), 1791, in-fol. 76 pl. gr. dont 24 *coloriées*, v. ant. rac. fil. (*Rel. fatig.*)

163. Voyages en Europe. — Réunion de 7 vol. in-4, nombr. pl. et cartes gr. dont 4 vol. rel. et 3 cart.

Travels through Germany, Switzerland, Italy and Sicily, translated from the german of F.-Leopold count Stolberg, by Thomas Holcroft. *London*, 1796, 2 vol. — A Tour through Holland, in the summer and autumn of 1806, by sir John Carr. *London*, 1807. — Travels in the Island of Iceland during the summer of the year 1810, by sir G.-Stewart Mackenzie. *Edinburgh*, 1811 *pl. en couleur*. — Travels through Norway and Lapland during the years 1806-1808, by Leopold von Buch, translated by John Black. *London*, 1813. — Travels through the southern provinces of the Russian Empire, in the years 1793 and 1794, translated from the german of P.-S. Pallas. Second edition. *London*, 1812, 2 vol. cart. et *fatigués*.

164. Remarks on several parts of Europe, relating chiefly to their Antiquities and History. Collected upon the spot in several tours since the year 1723 ; and illustrated by upwards of forty copper plates, from original drawings ; among which are the ruins of several Temples, Theatres, Amphitheatres triumphal Arches.. of the Greek and Roman times, in Sicily and the south of France, by John Breval. *London*, *Lintot*, 1738, 2 tomes en 1 vol. in-fol. nombr. pl. gr. v. brun ant. *fatigué*.

165. Voyages en France et en Italie. — Réunion de 6 vol. in-4, nombr. pl. et cartes gr. rel. (*Rel. fatiguées.*)

Travels, during the years 1787-1788 and 1789, of the Kingdom of France, by Arthur Young. *London*, 1792. — A Sporting tour through various parts of France in the year 1802, by colonel Thornton. *London*, 1806, 2 vol. — Some Observations made in travelling through France, Italy, etc. in the years 1720, 1721 and 1722, by Edward Wright. *London*, 1730, 2 vol. — Le même ouvrage, Seconde édition. *London*, 1761, 2 tomes en 1 vol.

166. Travels from France to Italy, through the Lepontine Alps ; or, an itineray of the road from Lyons to Turin, by the way of the Pays-de-Vaud, the Vallais, and across the monts Great St. Bernard, Simplon, and St. Gothard... by Albanis Beaumont. *London*, 1800, in-fol. 26 pl. en bistre (sans la carte), demi-rel. bas.

Le premier plat de la reliure est détaché du volume.

167. Voyage pittoresque en Sicile, dédié à Son Altesse Royale Madame la duchesse de Berry (par Achille-Etienne Gigault de La Salle). *Paris, Didot l'aîné*, 1822-1826, 2 tomes en 1 vol. gr. in-fol. pap. vélin, carte et 92 pl. gr. demi-rel. mar. r. tête dor.

168. A Topographical survey of the great road from London to Bath and Bristol, with historical and descriptive accounts of the country, towns, villages... illustrated by perspective views of the most select and picturesque scenery... by Archibald Robertson. *London*, 1792, 2 vol. in-4, nombr. pl. gr. cart. dos de perc. bleue.

Un des rares exemplaires tirés de format in-4.

169. Voyages de M. P.-S. Pallas en différentes provinces de l'Empire de Russie et dans l'Asie Septentrionale, traduits de l'allemand par M. Gauthier de La Peyronie. *Paris, La Grange*, 1788-1793, 5 vol. in-4 de texte, v. ant. rac. et 1 atlas in-fol. de cartes et pl. gr. demi-rel. bas marb.

170. Travels through part of the Russian Empire and the country of Poland, along the southern shores of the Baltic, by Robert Johnston. Illustrated with maps and numerous coloured plates. *London, Stockdale*, 1815, in-4, cartes et nombr. pl. coloriées, demi-rel. bas. r.

171. Voyages en Asie, en Chine, au Japon, etc. — Réunion de 8 vol. in-4 et in-fol. nombr. pl. et cartes gr. rel. (*Rel. fatiguées.*)

A Journey from Bengal to England, by G. Forster. *London*, 1798, 2 tomes en 1 vol. — A Voyage to New Guinea, by Th. Forrest. *London*, 1780. — Memoir of a Map of Hindoostan, or the Moguel's Empire, by J. Rennell. *London*, 1785. — Personal narrative of a journey from India to England in the year, 1824, G. Keppel. *London*, 1827. — An Embassy from the East-India Company of the united provinces to the Grand Tartar Cham, emperour of China, described by M.-J. Nievhoff. *London*, 1669. — Voyages de C.-P. Thunberg au Japon, traduits et rédigés, par P. Langles. *Paris*, 1796, 2 vol. — An Historical disquisition concerning the knowledge which the ancients had of India, by W. Robertson. *London*, 1791.

172. Journal of the British embassy to Persia ; embellished with numerous views taken in India and Persia : also, a dissertation upon the Antiquities of Persepolis, by William Price. Second edition. *London, Thorpe*, 1832, 2 tomes en 1 vol. in-4 obl. texte à 2 col. et nombr. pl. gr. demi-rel. bas. verte.

Mouillures.

173. Voyage aux Indes Orientales et a la Chine, fait par ordre du Roi, depuis 1774 jusqu'en 1781, dans lequel on traite des mœurs, de la religion, des sciences et des arts des Indiens, des Chinois, des Pégouins... par M. Sonnerat. *Paris, Nyon*, 1782, 2 vol. in-4, carte et nombr. pl. gr. mar. r. dos orné, fil. tr. dor. (*Rel. anc.*)

Première édition.
Exemplaire sur grand papier, avec les planches finement coloriées.

174. Navigatio ac Itinerarium Johannis Hugonis Linscotani in Orientalem, sive Lusitanorum Indiam. Descriptiones ejusdem terræ ac tractuum littoralium. Præcipuorum portuum, fluminum, capitum... Collecta omnia ac descripta per eundem Belgice, nunc vero latine reddita... *Hagæ-Comitis, ex officina Alberti Henrici, prostantque apud ægidium Elsevirium*, 1599, in-fol. de 4 ff. prél. non ch. 124 pp. à 2 col. portr. dans le texte front. et 30 pl. gr. vélin vert *fatigué*.

Première édition très rare de cette traduction : elle est accompagnée de la pièce suivante : *Descriptio totius Guineæ... Hagæ-Comitis, Alberti Henrici*, 1599, 45 pp. et 3 pp. pour l'index. Tache et mouillure aux premiers feuillets : déchirure à une planche.

175. Travels in China, containing descriptions, observations, and comparaisons, made and collected in the course of a short residence at the imperial palace of Yuen-Min-Yuen, and on a subsequent journey through the country from Pekin to Canton... by John Barrow... The second edition. *London, Cadell*, 1806, in-4, portr. et pl. gr. en noir et *coloriées*, musique notée, v. ant. *fatigué*.

176. Collection des Relations de Voyages, par mer et par terre en différentes parties de l'Afrique depuis 1400 jusqu'à nos jours, mise en ordre et publiée par C.-A. Walckener. *Paris*, 1842, 21 vol. in-8, demi-rel. chag. bleu, fil.

Tomes I à XXI, tout ce qui a paru.

177. Voyages en Afrique. — Réunion de 6 vol. in-4, nombr. pl. et cartes gr. rel. et cart. (*Rel. fatiguées.*)

An account of Travel into the interior of Southern Africa in the years 1797 and 1798, by John Barrow. *London*, 1801, 2 tomes en 1 vol — Travels in Egypt, Nubia.. in the year 1814, by H. Light. *London*, 1818. — Travels in the interior districts of Africa in the years 1795-1797, by Mungo Park. *London*, 1799. — A Voyage to the Cape of Good Hope, towards the antartic polar circle, and round the world : but chiefly into the country of the Hottentots and Caffres, from the year 1772 to 1776, by Andrew Sparrman. *London*, 1785, 2 vol. — An Essay on colonization, particulary applied to the Western Coast of Africa, by C. B. Wadstrom. *London*, 1795.

178. Voyage en Nubie et en Abyssinie entrepris pour découvrir les sources du Nil, pendant les années 1768, 1769, 1770, 1771, 1772 et 1773, par M. James Bruce, traduit de l'anglais, par M. Castera. *Paris, Plassan*, 1790-1791, 5 vol. in-4, nombr. cartes et pl. gr. v. ant. marb. dos orné.

179. Travels and Discoveries in North and Central Africa : being a Journal of an expedition undertaken under the auspices of H. B. M.'s government, in the years 1849-1855, by Henry Barth. *London, Longman*, 1857-1858, 5 vol. gr. in-8, cartes, nombr. pl. en noir et en couleur et fig. sur bois, cart. perc. verte, non rog.

Curieuse relation décrivant des contrées jusqu'alors peu connues.

180. Manuel d'Histoire ancienne de l'Orient jusqu'aux guerres médiques, par François Lenormant. *Paris, Lévy*, 1869, 3 vol. in-12 de texte, br. et 1 atlas in-4 de 24 cartes gr. en feuilles, dans un carton, dos de perc. bleue.

181. Thucydidis de Bello Peloponnesiaco libri octo (grec et lat.), cum adnotationibus integris Henrici Stephani et Joannis Hudsoni ; recensuit, et notas suas addidit Josephus Wasse. Editionem curavit, suasque adnimadversiones adjecit Carolus Andreas Dukerus ; cum variis dissertationibus,.. *Amstelædami, apud Wetstenios*, 1731, in-fol. front. et 2 cartes gr. vélin, dos orné, fil. et comp.

Bonne édition, estimée. — Exemplaire aux armes de la ville de Nimègue.

182. Historiens grecs et latins. — Réunion de 5 vol. in-4, v. f. ant.

Thucydidis de bello Peloponnesiaco libri VIII (grec et lat.) ad editionem C. A. Duckeri cum omnibus auctariis recusi. *Lipsiæ*, 1790-1804, 2 vol. — C. Crispi Sallustii quae exstant ; cum notis integris Glareani, Rivii, Ciacconii, Ursini, Carrionis... cura Sigeberti Havercampi. *Amstelædami*, *Changuion*, 1742, 2 vol. — I Commentari di Giulio Cesare, con le figure in rame de gli allogiamenti de' fatti d'arme... fatte da Andrea Palladio. *Venetia*, 1575, texte encadré et nombr. pl. gr.

183. C. Cornelii Taciti Opera, recognovit, emendavit, supplementis explevit, notis, dissertationibus, illustravit Gabriel Brotier. *Edinburghi*, 1796, 4 vol. in-4, cartes gr. v. ant. — Les Œuvres de C. Tacite, traduction nouvelle. ... enrichie de plusieurs figures... par Rodolphe Le Maistre. *Paris*, *Dugast*, 1630, in-fol. portraits, v. ant. — The Works of Cornelius Tacitus, by Arthur Murphy, with an essay on the life and genius of Tacitus notes, supplements and maps. *London*, 1793, 4 vol. in-4, cuir de R. quadrillé. — Ens. 9 vol.

Les 5 premiers volumes ont les reliures détériorées ; mouillures.

184. Caio Cornelio Tacito volgarizzato da Ludovico Valeriani. *Firenze*, *Magheri*, 1818-1819, 5 vol. in-4, texte et traduction en regard, portr. gr. cart. non rog.

Edition la meilleure et la plus belle de cette traduction estimée.

185. Historia Imperial y Cesarea, en que sumariamente se contienen las vidas, y hechos de todos los Emperadores, desde Julio Cesar, hasta Maximiliano primero, compuesta por el Pedro Mexia... *Madrid*, *Sanchez*, 1655, pet. in-fol. à 2 col. nombr. portr. gr. sur bois, bas. ant. rac.

186. View of the state of Europe during the Middle Ages, by Henry Hallam. Eleventh edition, including supplemental notes. *London*, *Murray*, 1856, 3 vol. in-8, demi-rel. mar. r. avec coins, tête dor. ébarbé.

Excellent ouvrage, très estimé.

187. Jacobi Augusti Thuani... Historiarum sui temporis ab anno domini 1543 usque ad annum 1607 libri CXXXVIII... accedunt, commentariorum de vita sua libri sex hactenus inedit. *Aurelianæ (Genève)*, *apud Petrum de La Rovière*, 1620, 5 tomes en 4 vol. in-fol. v. ant.

Première édition des Œuvres complètes de Jacques-Auguste de Thou.

188. An Illustrated record of important events in the Annals of Europe, during the years 1812, 1813, 1814 et 1815, comprising a series of Views of Paris, Moscow, the Kremlin, Dresden, Berlin, etc (by Thomas Hartwel Horne). — The Campaign of Waterloo, illustrated with engravings of les Quatre Bras, la Belle Alliance, Hougoumont, la Haye Sainte and other principal scenes of action... — *London*, *Bensley*, 1815-1816. — Ens. 2 ouvrages en 1 vol. in-fol. contenant 2 cartes, 25 pl. gr. dont 25 pl. gr. dont 23 finement *coloriées* et fac-similé, demi-rel. v. brun.

Le premier plat de la reliure est détaché du volume ; déchirure au premier feuillet du texte.

189. Histoire de France populaire depuis les temps les plus reculés jusqu'à nos jours, par Henri Martin. *Paris*, *Furne*, *s. d.* 7 vol. gr. in-8 à 2 col. nombr. portr. et fig. gr. sur bois, br. couvertures illustrées.

190. L'Histoire de France depuis les temps les plus reculés jusqu'en 1789 racontée à mes petits-enfants, par M. Guizot, illustrée de gravures dessinées sur bois par Alph. de Neuville. *Paris*, *Hachette*, 1875-1876, 5 vol. gr. in-8, nombr. pl. et fig. sur bois, demi-rel. chag. r. dos orné.

191. Histoire Ecclésiastique des Francs, par Georges Florent Grégoire, Evêque de Tours, en dix livres; revue et collationnée sur de nouveaux manuscrits, et traduite par MM. J. Guadet et Taranne. *Paris, Renouard*, 1836-1838, 4 vol. in-8, pap. vergé, préparés pour la reliure, sans les couvertures.

De la *Société de l'Histoire de France.*

192. Histoire des Institutions monarchiques de la France sous les premiers Capétiens (Mémoires et documents). Etudes sur les Actes de Louis VII, par Achille Luchaire. *Paris, Alphonse Picard*, 1885, gr. in-4, 6 pl. en héliogravure, br.

193. Collection de documents inédits sur l'Histoire de France, publiés par les soins du Ministre de l'Instruction publique. *Paris, Imprimerie Nationale*, 1836-1870. — Réunion de 8 vol. in-4, cart. non rog.

Chronique des ducs de Normandie par Benoit, trouvère anglo-normand du XIIe siècle, publiée par Francisque Michel; 3 vol. — Comptes de dépenses de la construction du château de Gaillon, publiés par A. Deville. — Recueil des monuments inédits de l'histoire du Tiers-Etat. Première série. Chartes, coutumes, actes municipaux, statuts des corporations d'arts et métiers des villes et communes de France. Région du Nord, par Augustin Thierry; 4 vol.

194. Société de l'Histoire de France : Annuaire historique, 1837-1867, 27 vol. in-18, br. (*Collection complète*). — Bulletin et Annuaire-bulletin, 1834 *origine*) — 1898, 63 années en feuilles ou en fascicules. (*Années 1834 à 1836 et 1838 à 1898*). — Table des matières des 23 premières années du Bulletin (1834-1856). — Table générale des matières contenues dans l'Annuaire-bulletin (1863-1884). — *Paris, Renouard*, 1834-1898. — Ens. 29 vol. ou plaquettes in-18 et in-8, br. et 63 années en feuilles, ou en fascicules.

On a ajouté : Discours, notices biographiques, etc. par MM. de Barante, J. Desnoyers, Baron de Ruble, etc., 7 opuscules, br. ou en feuilles.
Les années 1857, 1887 et 1891 du Bulletin sont incomplètes.

195. Musée des Archives départementales. Recueil de fac-similés héliographiques, de Documents tirés des archives des Préfectures, Mairies et Hospices. *Paris, Impr. Nationale*, 1878, très gr. in-fol. pl. de fac-similés, en feuilles dans un carton, dos de perc. grise.

Atlas seul comprenant 61 planches en héliogravure.

196. Dictionnaire de la Noblesse, contenant les généalogies, l'histoire et la chronologie des Familles nobles de France, l'explication de leurs armes... par M. de La Chenaye-Desbois. Seconde édition. *Paris, Boudet et veuve Duchesne*, 1770-1786, 14 vol. in-4, bas. ant. marb.

Tomes I à XIII et XV. — Les 4 derniers volumes sont cart. non rog. ; quelques taches.

197. Histoire littéraire de la France... par des religieux Bénédictins de la Congrégation de S. Maur (D. Rivet, Taillandier et Clémencet). Nouvelle édition, entièrement conforme à la précédente, par M. Paulin Paris, 16 vol. (*Tomes I à XVI*). — Table générale des quinze premiers volumes de l'Histoire littéraire de la France... par Camille Rivain. — *Paris, Palmé*, 1865-1892. — Ens. 17 vol. in-4, br.

198. Ecole Polytechnique. Livre du Centenaire. 1794-1894. *Paris, Gauthier-Villars*, 1895-1897, 3 forts vol. gr. in-8, nombr. portr. pl. en héliogravure et fig. v. f. dos orné, fil. tr. peigne.

L'Ecole de la science. — Services militaires. — Services civils et carrières diverses.

199. Les Français peints par eux-mêmes. Encyclopédie morale du dix-neuvième siècle. *Paris, Curmer*, 1840-1842, 8 vol. gr. in-8, pl. en noir et *en couleur*, vign. sur bois, demi-rel. chag. vert, plats perc.

200. Galerie historique de la Révolution française (1787 à 1799), par M. Albert Maurin. *Paris, s. d.*, 5 vol. in-8, portr. gr. demi-rel. chag. violet, dos orné.

201. L'An 1789. Evènements, mœurs, idées, œuvres et caractères, par Hippolyte Gautier, avec 650 reproductions, par la photogravure sur cuivre, de vignettes, d'estampes et de tableaux de l'époque. *Paris, Delagrave, s. d.* 1 tome en 2 vol. gr. in-4, nombr. pl. cartes et fig. gr. demi-rel. mar. bleu avec coins, dos orné, fil. ébarbé.

202. Plan de Paris... par Jacques Gomboust, avec le texte, les vues et les ornemens qui accompagnent quelques exemplaires, augmenté d'une feuille d'assemblage... gravé en fac-simile par Lebel et publié par la Société des Bibliophiles françois. *Paris, Techener*, 1858, très gr. in-fol. de 1 titre, 5 ff. de texte imprimés, une planche, une feuille d'assemblage et 9 feuilles de plan gr. dans un carton. — Plan de Paris sous le règne de Henri II, par Olivier Truschet et Germain Hoyau, reproduit en fac-simile... par M. F. Hoffbauër, sous la direction de MM. L. Sieber et J. Cousin. *Paris, Champion*, 1877, très gr. in-fol. de 1 titre imprimé et 8 feuilles de plan gr. dans un carton. — Ens. 2 plans en feuilles.

Mouillure aux marges supérieures du plan de Gomboust.

203. Description de la Ville de Paris et de tout ce qu'elle contient de plus remarquable, par Germain Brice. Nouvelle édition, enrichie d'un nouveau plan et de nouvelles figures dessinées et gravées correctement. *Paris*, 1752, 4 vol. in-12, plan et nombr. pl. gr. v. ant. marb.

Edition la meilleure et la plus recherchée. Elle a été publiée après la mort de l'auteur avec des additions de Mariette et de l'abbé Perreau.

204. Auguste Vitu. Paris, 450 dessins inédits d'après nature. *Paris, Librairies-Imprimeries réunies, s. d.* gr. in-4, pap. vélin, nombr. fig. dans le texte et pl. hors texte, cart. perc. grise, fers spéciaux, tr. dor.

205. Louis Barron. Autour de Paris. 500 dessins d'après nature, par G. Fraipont. *Paris, Librairies-Imprimeries réunies, s. d.* (1891), gr. in-4, nombr. fig. dans le texte et cartes, cart. perc. r. fers spéciaux, tr. dor. (*Rel. défraîchie.*)

206. Bulletin de la Société des Antiquaires de Normandie, 17 vol. — Table générale des matières contenues dans les 5 premiers volumes du Bulletin... par M. Renault. — *Caen et Paris*, 1860-1894. — Ens. 18 vol. in-8, pl. et fig. br. ou en fascicules.

Tomes I à XVI, plus le tome *VII supplémentaire*. — Le 1er fascicule du tome I manque.

207. Jacques Gomboust. Rothomagus. — Rouen, 1655. Réimpression fac-simile publiée par la Société Rouennaise de Bibliophiles... précédée d'une étude sur les plans et vues de Rouen et d'une légende ; texte et planches par Jules Adeline... *Rouen, Impr. Espérance Cagniard*, 1873-75, titre imprimé et 6 feuilles de plans très gr. in-fol. gr. à l'eau-forte (*sans la livraison de texte*), dans 3 couvertures.

Tiré à petit nombre.
Mouillure à la marge inférieure de 3 feuilles.

208. Histoire du Château-Gaillard et du siège qu'il soutint contre Philippe-Auguste, en 1203 et 1204, ornée de planches lithographiées ou gravées et de plusieurs vignettes, par Achille Deville. *Rouen, Ed. Frère*, 1829, in-4, pl. débr.

Envoi autographe de l'auteur à *M. Floquet*.

209. Archives de Bretagne. Recueil d'actes, de chroniques et de documents historiques rares ou inédits, publié par la Société des Bibliophiles bretons et de l'histoire de Bretagne. *Nantes, Société des Bibliophiles bretons*, 1883-1899, 11 tomes en 12 vol. in-4, pap. vergé, br.

Tomes I à IX, XI et XII.
Tiré à 425 exemplaires.
Exemplaire de M. Damascène Morgand.

210. Mémoires de la Société de statistique, sciences et arts des Deux-Sèvres. *Niort, Clouzot*, 1860-1881, 19 vol. gr. in-8, pl. gr. et musique notée, br.

2e série. Tomes I à XIX.

211. Histoire poétique et littéraire de l'ancien Velay, par Francisque Mandet. *Paris, Rozier*, 1842, in-4, br.

212. Constitution de la Belgique. Edition illustrée. *Bruxelles, Delevingne*, 1852, in-fol. texte encadré de jolies bordures, front. et 6 pl. lithogr. et teintées, cart.

Timbre de la bibliothèque de San Donato sur le faux-titre.

213. Della Istoria d'Italia antica e moderna del Cav. Luigi Bossi. *Milano, Giegler*, 1819-1823, 19 vol. in-8, carte et nombr. pl. gr. demi-rel. vélin avec coins.

Timbre de la bibliothèque de San Donato.

214. Dizionario geografico, fisico, storico della Toscana... compilato da Emmanuele Repetti... *Firenze*, 1833-1845, 6 vol. gr. in-8 à 2 col. (*y compris 1 vol. de supplément*), portr. front. et plans gr. et tableaux généalogiques pliés, demi-rel. chag. vert avec coins, fil.

Timbre de la bibliothèque de San Donato.

215. Histoire du Royaume de Naples, depuis Charles VII jusqu'à Ferdinand IV, 1734 à 1825, par le Général Colletta, traduite de l'italien sur la 4e édition par Ch. Lefèvre et L** B**. *Paris, Ladvocat*, 1835, 4 vol. in-8, mar. vert à long grain, dos orné, fil. initiales P. D. surmontées d'une couronne au centre des plats, tr. dor. (*Rel. de l'époque.*)

Timbre de la bibliothèque de San Donato.

216. Vita del Catolico Re Filippo II, monarca delle Spagne... scritta... da Gregorio Leti detto il Resuscitato. *Coligni, Choüet*, 1679, 2 vol. in-4, front. gr. vélin.

Ex-libris gravé sur bois de Aloisii Marsuzi Jacobi F., advocati Romani sur chaque volume. — Nom manuscrit sur les titres.

217. Historia rerum Britannicarum, ut et multarum Gallicarum, Belgicarum et Germanicarum, tam politicarum, quam ecclesiasticarum ab anno 1572, ad annum 1628; auctore Roberto Johnstono, Scoto-Britanno... *Amstelædami, Joannis Ravesteynii*, 1655, in-fol. vélin.

218. The Antiquities of England and Wales, by Francis Grose. New edition. *London, Hooper, s. d.* 8 vol. in-4 (y compris 1 vol. de supplément), titres-front. et nombr. pl. et cartes gr. cuir de R. quadrillé, dos orné, fil.

Bonne édition de cet ouvrage estimé. — Les cartes sont coloriées.
Petites taches de rousseur.

219. Transactions of the Society of the Antiquaries of Scotland. *Edinburg*, 1792, in-4, peau de truie, dos orné, fil. (*Tome I*). — Archæologia: or, Miscellaneous tracts relating to antiquity published by the Society of Antiquaries of London. *London*, 1800-1827, 3 vol. in-4, demi-rel. v. brun. (*Tomes XIII, XIV et XXI. Rel. fatig.*) — Ens. 4 vol. nombr. pl. gr.

220. Histoire d'Angleterre par David Hume continuée jusqu'à nos jours par Smollett, Adolphus et Aikin. Traduction nouvelle, précédée d'un essai sur la vie et les écrits de Hume, par M. Campenon. *Paris, Furne*, 1839-1840, 13 vol. in-8, portraits et pl. gr. sur acier, carte gr. et pliée et vign. sur bois sur les titres, demi-rel. v. f. dos orné.

221. The Historie of the raigne of king Henry the seventh. Written by... Francis, lord Verulam, Viscount St Alban. *London, Stansby*, 1622, pet. in-fol. texte encadré, titre avec un bel encadrement gr. sur bois et portr. gr. par John Payne, v. brun ant.

222. Bishop Burnet's History of his own time. *London, Downing*, 1724-1734, 2 vol. in-fol. cuir de R. dos orné, fil. tr. r.

PREMIÈRE EDITION.
Grattage sur le titre du tome II.

223. The Dispatches and Letters of Vice Admiral Nelson, with notes by sir Nicholas Harris Nicolas. *London, Colbrun*, 1845-1847, 7 vol. in-8, portr. gr. et fac-similés, cart. perc. bleue, non rog.

224. Jon. Christophori de Jordan... de Originibus Slavicis, opus chronologico-geographico-historicum, ab antiquitate literis nota, in seculum usque christianum decimum... *Vindobonæ, Kurtzböck*, 1745, 4 parties en 1 vol. in-fol. front. gr. ais de bois recouverts de vélin, fermoirs.

Timbre de la bibliothèque de San Donato.

225. The Invasion of the Crimea... by Alexander William Kinglake. Fourth edition. *London, Blackwood*, 1863-1880, 6 vol. gr. in-8, nombr. plans et pl. gr. en noir et en couleur et fac-similés, cart. perc. violette, non rog.

226. Bibliothèque Orientale, ou Dictionnaire universel contenant généralement tout ce qui regarde la connoissance des peuples de l'Orient... par Monsieur d'Herbelot. *Paris*, 1697, in-fol. à 2 col. mar. r. dos orné, fil. tr. dor. (*Rel. anc.*)

227. Asiatick researches; or, Transactions of the Society instituted in Bengal, for inquiring into the History and Antiquities, the arts, sciences, and literature of Asia, The fifth edition. *London*, 1806-1809, 9 vol. in-8, pl. noires et coloriées, cart. non rog.

Tomes I à IX de cet ouvrage rare et recherché.

228. The History of the British Empire in India, by Edward Thornton. *London, Allen*, 1841-1845, 6 vol. gr. in-8, cartes en couleur, cart. perc. verte, *non rog.*

229. The Campaign in India, 1857-58... by George Francklin Atkinson... *London, Day*, 1859, gr. in-fol. 26 pl. lithogr. et teintées, cart. perc. r. fers spéciaux. (*Rel. défraichie*).

230. Dr O-Dapper : Naukeurige Beschrijvinge der Afrikaensche Gewesten van Egypten, Barbaryen, Lybien... Guinea, Ethiopien, Abyssinie... 2 parties. — Naukeurige Beschrijvinge der Afrikaensche Eylanden : als Madagaskar of Sant Laurens, Sant Thomee, d'Eilanden van Kanarien, Keap de Verd, Malta... — *Amsterdam, Van Meurs*, 1676. — Ens. 2 ouvrages en 1 vol. in-fol. front. cartes et nombr. pl. gr. vélin.

231. Bryan Edwards : An Historical Survey of the French Colony in the Island of St-Domingo... a narrative of the calamities which have desolated the country ever since the year 1789. — An Historical Survey of the Island of Saint Domingo, together with an account of the maroon negroes in the Island of Jamaica ; and a history of the war in the West

Indies in 1793, and 1794, by Bryan Edwards. Also, a tour through the several islands of Barbadoes, St-Vincent Antigua, Tobago and Grenada, in the years 1791 and 1792, by sir William Young. — The History, civil and commercial, of the British Colonies in the West Indies. The second edition, illustrated with maps; 2 vol. — *London, Stockdale*, 1794-1801. — Ens. 4 vol. in-4, front. pl. et carte, cuir de R. et cart. dos de bas. (*Rel. très fatiguées.*)

232. The Civil and natural history of Jamaïca... by Patrick Browne. Illustrated with forty-nine cooper plates... by George Dionysius Ehret. *London, White*, 1789, in-fol. 49 pl. gr. (*sans la carte*), dérelié.

Seconde édition, augmentée d'un index.
Mouillures.

233. Historia de la conquista de Mexico, poblacion y progressos de la America Septentrional, conocida por el nombre de Nueva España, escriviala Don Antonio de Solis... *Madrid, Antonio Gonçalez*, 1704, in-fol. v. ant. marb. *fatigué.*

---

234. The Antiquarian Repertory : a Miscellaneous assemblage of topography, history, biography, customs and manners; intended to illustrate and preserve several valuable remains of old times. Chiefly compiled by, or under the direction of Francis Grose, Thomas Astle and other eminent Antiquaries. Adorned with numerous Views, portraits and monuments. A new edition, with a great many valuable additions. *London, Jeffery*, 1807-1809, 4 vol. gr. in-4, nombr. portr. et pl. gr. cuir de R. quadrillé, dos orné, large dent. et comp. tr. dor.

Exemplaire sur grand papier Whatman de cet ouvrage rare et recherché.

235. L'Antiquité expliquée (en latin et en français) et représentée en figures... par Dom Bernard de Montfaucon. Seconde édition. *Paris, Delaulne*, 1722, 5 tomes en 10 vol. in-fol. (sans le supplément), nombr. pl. gr. v. brun ant.

236. Œuvres de Ennius Quirinus Visconti. Musée Pie-Clémentin ; 7 vol. — Monumens du Musée Chiaramonti... servant de suite et de complément au Musée Pie-Clémentin, traduit de l'italien par A.-F. Sergent-Marceau. — *Milan, Giegler*, 1818-1822. — Ens. 8 vol. in-8, portr. et nombr. pl. gr. au trait, demi-rel. v. vert, fil.

237. Museum Disñeianum, being a Description of a Collection of ancient marbles, specimens of ancient bronze, and various ancient fictiles vases, in the possession of John Disney. *London, Brown*, 1849, 3 parties en 1 vol. gr. in-4, 127 pl. en noir et genre étrusque, demi-rel. mar. r. avec coins, tête dor.

238. Le Antichita di Ercolano, espote con qualche spiegazione (da Ottav. Ant. Bajardi). *Napoli, nella Regia stamperia*, 1755-1771, 8 vol. gr. in-fol. portraits, nombr. pl. et vign. gr. bas. ant.

Peintures, 5 vol. — Bronzes, 2 vol. — Catalogue, 1 vol.
Le volume contenant les *Lampes et Candélabres* manque. — Les tomes I et II des *Peintures* sont en double.
Timbre de la Bibliothèque de San Donato sur les faux-titres.

239. Dipinti Murali di Pompei. Illustrazione per l'Arch°. Ingre Edoardo Cerillo. Versione francese pel cav. Giulio Cottrau. Proprieta cav. Uff. Pasquale d'Amelio, Napoli. *Napoli, Richter et C°, s. d.* gr. in-fol. de IX-20 pp.

de texte à 2 col. en italien et en français et 20 pl. lithogr. en *couleur* et fixées sur des cartons avec attaches en caoutchouc, en feuilles dans un carton.

240. THE RUINS OF PALMYRA, otherwise Tedmor in the Desert (par Rob. Wood, Borra et Dawkins). *London*, 1753, gr. in-fol. pl. gr. mar. vert, dos orné, dent et comp. tr. dor. (*Rel. anc. défraîchie.*)

Exemplaire sur GRAND PAPIER de ce magnifique ouvrage orné de 57 belles planches par Borra, architecte.

La première planche, très grande, qui représente une *vue générale des Ruines de Palmyre* et qui manque à beaucoup d'exemplaires, ou est déchirée, *est intacte*.

241. THE RUINS OF BALBEC, otherwise Heliopolis in Cœlosyria (par Rob. Wood et Dawkins). *London*, 1757, gr. in-fol. pl. gr. mar. vert, dos orné, dent. et comp. tr. dor. (*Rel. anc. défraîchie.*)

Ouvrage d'une exécution remarquable; il est orné de 46 belles planches par Borra, architecte.

La planche 4 a été soigneusement remontée.

242. Les Ruines des plus beaux Monuments de la Grèce. Ouvrage divisé en deux parties, où l'on considère, dans la première, ces monuments du côté de l'Histoire et dans la seconde, du côté de l'Architecture, par M. Le Roy, architecte. *Paris, Guérin*, 1758, 2 parties en 1 vol. in-fol. 60 pl. gr. demi-rel. bas. verte.

PREMIER TIRAGE.

243. Ionian Antiquities, published with permission of the Society of Dilettanti, by R. Chandler, N. Revett, W. Pars. *London, Spilsbury*, 1769, in-fol. 33 pl. et fig. gr. cuir de R. fil. (*Rel. fatiguée.*)

Magnifique ouvrage très recherché, dont nous n'avons que le premier volume, le second n'ayant paru que 28 ans après.

Taches de rousseur.

244. Olympia, or, Topography illustrative of the actural state of the plaine of Olympia, and of the ruins of the city of Elis, by John Spencer Stanhope. *London, Rodwell*, 1824, in-fol. 14 pl. et fig. gr. cart. dos de bas. r.

Exemplaire avec les planches sur CHINE.

Taches de rousseur.

245. Antichita di Pozzuoli Puteolanæ antiquitates (italice et latine, auctore P.-Ant. Paolini). *S. l. n. d.* (*Florence*, 1768), in fol. à 2 col. texte gr. en italien et en latin et 69 pl. gr. (y compris le titre, le front. et la dédicace), vélin estampé.

246. Description des Bains des Romains, enrichie des plans de Palladio, corrigés et perfectionnés et précédée d'une préface en forme d'introduction sur la nature de cet ouvrage... par Charles Cameron, architecte. *Londres*, 1772, gr. in-fol. texte français et anglais, 75 pl. gr. et fig. demi-rel. bas. violette.

Ouvrage orné de 75 planches très bien exécutées.

Mouillure à 2 feuillets.

247. Description des Bains des Romains, enrichie des plans de Palladio, corrigés et perfectionnés, et précédée d'une préface en forme d'introduction sur la nature de cet ouvrage. . par Charles Cameron, architecte. *Londres*, 1772, gr. in-fol. texte français et anglais. 75 pl. et fig. gr. demi-rel. chag. grenat avec coins, tête dor. (*Rel. défraîchie.*)

248. Les Edifices antiques de Rome, mesurés et dessinés très-exactement sur les lieux, par feu M. Desgodetz, architecte du Roi. Nouvelle édition. *Paris, Jombert*, 1779, in-fol. v. ant. marb. dos orné, fil. tr. dor. (*Rel. un peu fatiguée.*)

Premier ouvrage exact qui ait paru sur les anciens monuments de Rome : il est orné de 137 planches gr. par Le Pautre, N. Guérard, Lud. de Chastillon, etc.

249. G. B. Piranesi : Le Antichita di Roma, 4 vol. 216 pl. gr. (*sur 218*) y compris 3 titres-front. — Il Campo Marzio dell' antica Roma 1 vol. texte latin et italien. 2 titres-front. et 48 pl. gr. — *Roma*, 1756-1762. — Ens. 5 vol. gr. in-fol. titres-front. et pl. gr. dont 3 vol. en demi-rel. bas. verte et 2 cart. *non rog.*

Le tome III du premier ouvrage est incomplet de planches 1 et 2.

250. Roma Antica di Famiano Nardini. Edizione quarta romana riscontrata ed accresciuta delle ultime scoperte, con note ed osservazioni critico antiquarie di Antonio Nibby... *Roma*, *Romanis*, 1818-1819, 3 vol. in-8, portr. et nombr. pl. et plans gr. vélin.

251. Gli Antichi Sepolcri, ovvero Mausolei romani, ed etruschi trovati in Roma, ed in altri luoghi celebri... raccolti, disegnati ed intagliati da Pietro Santi Bartoli... *Roma*, 1768, in-fol. de 14 pp. de texte et nombr. pl. gr. demi-rel bas. brune *fatiguée*.

252. Catacombes de Rome. Architecture, peintures murales, lampes, vases, pierres précieuses gravées, instruments, objets divers, fragments de vases en verre doré, inscriptions, figures et symboles gravés sur pierre, par Louis Perret. Ouvrage publié... sous la direction d'une commission composée de MM. Ampère, Ingres, Mérimée, Vitet, membres de l'Institut. *Paris, Gide et Baudry*, 1851-1855, 6 vol. gr. in-fol. dont 1 vol. de texte et 5 vol. contenant 327 pl. lithogr. en noir et en couleur (y compris 3 front. et 3 pl. bis) montées sur onglets, demi-rel. mar. r. avec coins, dos orné, fil. tête dor.

253. Les Sarcophages chrétiens de la Gaule, par M. Edmond Le Blant. *Paris, Impr. Nationale*, 1886, in-fol. 59 pl. en héliogravure et nombr. fig. sur bois, cart. non rog.

De la *Collection de Documents inédits sur l'histoire de France.*

254. Description des Tombeaux de Canosa, ainsi que des bas-reliefs, des armures et des vases peints qui y ont été découverts en 1813, par A. L. Millin. *Paris, Didot l'aîné*, 1816, gr. in-fol. 14 pl. gr. demi-rel. chag. vert avec coins.

255. Ruins of the Palace of the Emperor Diocletian at Spalatro in Dalmatia, by R. Adam... *S. l.* (*London*), 1764, in-fol. front. et 60 pl. gr. demi-rel. bas. brune avec coins. (*Rel. fatig.*)

256. Veteres arcus Augustorum triumphis insignes, ex reliquiis quæ Romæ adhuc supersunt, cum imaginibus triumphalibus restituti antiquis nummis notisque Jo. Petri Bellorii illustrati : nunc primum per Jo. Jacobum de Rubeis æneis typis vulgati. *Romæ*, 1690, in-fol. de 5 ff. de texte et 47 pl. gr. le tout ch. de 1 à 52, demi-rel. bas. verte.

Premier tirage de cet ouvrage recherché à cause des 47 belles planches dont il est orné.

257. Picturæ Antiquæ cryptarum romanarum et sepulcri Nasonum delineatæ et expressæ ad archetypa a Petro Sancti Bartholi et Francisco ejus filio ; descriptæ vero et illustratæ a Johanne Petro Bellorio... *Romæ*, *Lazarinos*, 1791, gr. in-fol. nombr. pl. gr. cart. dos et coins de vélin.

258. Recueil de Gravures d'après des vases antiques d'un ouvrage grec trouvés dans des tombeaux dans le royaume des Deux Siciles, mais principalement dans les environs de Naples les années 1789 et 1790, tirées du Cabinet de M. le chevalier Hamilton... publié par M. Guillaume Tischbein à Naples en 1795. *S. l. n. d*, 2 vol. gr. in-fol. texte anglais et français et pl. gr. cart.

Tomes II et III ornés de 120 planches gravées, plus les 60 planches du tome II qui sont en double, sans texte.

259. Numismata summorum pontificum templi Vaticani fabricam indicantia, chronologica ejusdem fabricæ narratione ac multiplici eruditione explicata... Opus tertio impressum cum correctione et additamento, a Patre Philippo Bonanni. *Romæ, Plachi,* 1715, in-fol. nombr. pl. gr. demi-rel. bas. ant. *fatiguée.*

---

260. Vite di Plutarco Cheroneo de gli huomini illustri Greci et Romani, nuovamente tradotte per M. Lodovico Domenichi et altri, et diligentemente confrontate co'testi greci per M. Lionardo Ghini ; con la vita dell' autore, descritta da Thomaso Porcacchi... *Vinegia, Giolito,* 1568, 2 vol. in-4, mar. r. dos orné. (*Rel. anc. fatiguée.*)

261. Biographie universelle ancienne et moderne, ou Dictionnaire de tous les hommes qui se sont fait remarquer par leurs écrits, leurs actions, leurs talents... depuis le commencement du monde jusqu'à ce jour. Ouvrage rédigé par plus de 300 collaborateurs... Nouvelle édition... augmentée d'articles omis, nouveaux, et de célébrités Belges, par une Société de gens de lettres. *Bruxelles, Méline,* 1851, 21 tomes en 10 vol. gr. in-8 à 2 col. demi-rel. bas. r. avec coins, dos orné. (*Rel. défraîchie.*)

262. Mémoires pour la Vie de François Pétrarque, tirés de ses Œuvres... avec des notes ou dissertations... (par l'abbé de Sade). *Amsterdam, Arsksée et Mercus,* 1764-1767, 3 vol. in-4, v. ant. rac. fil. (*Rel. fatiguée.*)

263. Manuel du Libraire et de l'Amateur de Livres... par Jacq.-Ch. Brunet fils. Seconde édition, augmentée de plus de 4.000 articles... *Paris, Brunet,* 1814, 4 vol. in-8 à 2 col. v. f. fil.

DIVERS. — JOURNAUX.

264. Les Essais de Michel, seigneur de Montaigne. Nouvelle édition... augmentée de quelques lettres de l'auteur... avec de courtes remarques, et de nouveaux indices... par Pierre Coste. *Londres, Tonson,* 1724, 3 vol. in-4, portr. gr. v. f. ant. *fatigué.*

Belle édition, recherchée.
Piqûres d'humidité au tome II.

265. The British Sportsman, or nobleman, gentleman and farmer's Dictionary of recreation and amusement... by W.-Aug. Osbaldiston. *London, Stead, s. d.* (1792), in-4, front. et nombr. pl. gr. demi-rel. v. brun avec coins.

Le titre a été consolidé ; raccommodage au dernier feuillet de la table.

266. A Sporting tour through various parts of France, in the year 1802... in a series of letters to the Right Hon. the Earl of Darlington... by Colonel Thornton. *London, Longman,* 1806, 2 vol. in-4, front. portr. et nombr. pl. gr. v. ant. rac. fatig.

Exemplaire sur GRAND PAPIER avec le portrait COLORIÉ.
Le premier plat de la reliure du tome II est détaché du volume.

267. The Gallery of nature and art... by the Rev. E. Polehampton, and J. M. Good. A new edition, carefully revised. *London, Rose*, 1821, 6 vol. in-8, nombr. pl. gr. v. f. dos orné et comp. (*Rel. défraichie.*)

268. Description de la Maison et du Musée situés au Nord de la place de Lincoln's inn Fields, à Londres, demeure du chevalier Soane (écrite par lui-même), avec illustrations graphiques et détails accessoires. *Londres, s. d.* gr. in-4, pl. gr. et vign. sur bois, demi-rel. chag. r. avec coins.

Ouvrage tiré à 150 exemplaires et non mis dans le commerce.
Envoi autographe de l'auteur sur le titre.

269. Delineations of Fonthill and its Abbey, by John Rutter. *London, Knight*, 1823, in-4, pl. gr. noires et *coloriées*, demi-rel. bas. fatiguée.

270. M. Antonii Mureti J. C. et civis romani, oratio : habita Romæ in funere Caroli IX Gallorum Regis. *Parisiis, ex officina Federici Morelli*, 1574, in-4 réglé de 6 ff. demi-rel. mar. r. (*Rel. fatiguée.*)

Pièce rare, dont les bibliographes ne citent que la traduction française.

271. Polymetis : or, an Enquiry concerning the agreement betwen the works of the Roman poets, and the remains of the antient artists... by the Revnd Mr. Spence. *London, Dodsley*, 1747, in-fol. portr. et nombr. pl. gr. v. ant. *fatigué*.

Première édition et la plus recherchée de cet ouvrage estimé. — Taches de rousseur.

272. Polymetis : or an Enquiry concerning the agrement between the works of the Roman poets, and the remains of the antient artists... by the Rev. Mr. Spence. The second edition, corrected by the author. *London, Dodsley*, 1755, in-fol. portr. et nombr. pl. gr. v. ant. (*Rel. restaurée.*)

273. Illustrations of Northern antiquities, from the earlier Teutonic and Scandinavian romances .. *Edinburg, Longman*, 1814, in-4, demi-rel. v. f. fil. (*Rel. défraichie.*)

Cet ouvrage remarquable est le fruit de la coopération de trois auteurs : Henri Weber, Robert Jamieson et Walter Scott.

274. A New System, or an analysis of ancient Mythology... The second edition, by Jacob Bryant. *London, Payne*, 1775-1776, 3 vol. in-4, pl. gr. v. ant. rac. dos orné.

Le premier plat de la reliure du tome II est détaché du volume.

275. Causes célèbres de tous les peuples, par A. Fouquier. *Paris*, 1858-1867, 7 tomes en 4 vol. gr. in-8, nombr. portr. et fig. demi-rel. bas. verte.

Tomes I à VII.

276. Nouveau Larousse illustré. Dictionnaire universel encyclopédique, publié sous la direction de Claude Augé. *Paris, Larousse, s. d.* (1899-1904), 7 vol. in-4 à 3 col. nombr. pl. cartes et fig. en noir et en couleur, demi-rel. chag. r. plats perc. fers spéciaux.

---

277. Journal des banquiers, des maisons d'escompte, de recouvrement, de négociation des effets de commerce et des agents de change. Droit commercial, doctrine et jurisprudence, par M. le Hir. *Paris*, 1847 (*origine*) 1874, 28 tomes en 17 vol. in-8, demi-rel. bas. verte, dos orné.

Tomes I à XXVIII.

278. L'Artiste. *Paris,* 1831-1841, 23 vol. in-4 à 2 col. 16 front. 1072 pl. lithogr. dont 15 vol. en demi-rel. mar. r. à long grain, dos orné, fil. et 8 en demi-rel. chag. violet, dos orné, fil. (*Reliure de l'époque.*)

1re et 2e séries complètes.
Le tome XIV de la 1re série est incomplet des pages 325-340.
La 1re série a 735 pl. et 9 frontispices tandis que M. G. Vicaire indique 736 pl. et 7 frontispices. (Le nombre diffère de celui indiqué dans presque tous les volumes.) — La 2e série a 7 frontispices et 337 planches au lieu de 7 frontispices et 353 planches annoncés.
Le tome XXIII de la 1re série ne contient pas la table indiquée par M. Vicaire.

279. Le Magasin pittoresque. *Paris,* 1833 (*origine*)-1888, 54 tomes en 25 vol. gr. in-8 à 2 col. (*y compris 1 vol. de table*), demi-rel. chag. vert et 144 livraisons, nombr. portr. et fig. sur bois.

Tomes I à XL, XLIII à L. — 2e série. Tomes I à VI plus 24 livraisons dépareillées des années 1889, 1890 et 1897.

280. La Vie parisienne, dirigée par Marcelin. *Paris,* 1863 (*origine*)-1877, 14 vol. in-4, fig. demi-rel. chag. r. dos orné, plats perc. fil. tr. peigne.

Les 15 premières années.

281. Le Charivari. *Paris,* 1er *janvier 1876 (44e année)-31 décembre* 1878, 6 vol. in-fol. à 3 col. nombr. fig. et portraits-charges par Cham, Draner, Grévin, Traviès, etc., demi-rel. bas. verte.

Années 1876 à 1878.

282. L'Illustration. *Paris,* 1878-1903, 32 tomes en 29 vol. in-fol. à 3 col. pl. en noir et en couleur, fig. demi-rel. chag. noir et 2 tomes en livraisons.

Tomes LXXI, LXXII, XCIII-CXXII. — Les 2 derniers tomes, en livraisons, sont incomplet de 3 livraisons et s'arrêtent à la livraison du 19 décembre 1903.
On y a joint les feuilletons et les suppléments de musique ou de théâtre.

283. LES LETTRES ET LES ARTS. Revue illustrée. *Paris, Boussod et Valadon,* 1886-1889, 16 vol. in-4, nombr. pl. et fig. en noir et en couleur, demi-rel. mar. r. et brun avec coins, dos orné, tête dor. non rog.

Collection complète.

284. Le Rire, journal humoristique. *Paris, Juven,* 1894 (*origine*)-1900, 12 tomes en 8 vol. in-4, fig. en noir et en couleur, dont 4 cart. dos perc. bleue, non rog. et 4 br. *couvertures illustrées.*

Collection complète jusqu'au 29 décembre 1900.

285. Les Maitres de l'Affiche. Publication mensuelle contenant la reproduction en couleur des plus belles affiches illustrées des grands artistes, français et étrangers. *Paris, Chaix,* 1895 (*origine*)-1897, 19 numéros in-fol. contenant 68 pl. en couleur (sur 84), en livraisons.

Incomplet des nos 7 et 14 et de diverses planches.

286. LE THÉATRE. Revue mensuelle illustrée. *Paris. Manzi-Joyant,* 1898 (*origine*)-1902, 11 vol. in-4, pl. en noir et en couleur, fig. *couvertures illustrées*, demi-rel. chag. brun.

Collection complète jusqu'à juin 1902.

LIVRES EN LOTS

No 1088.

Tours, imp. Tourangelle, 20-22, rue de la Préfecture.

www.ingramcontent.com/pod-product-compliance
Ingram Content Group UK Ltd.
Pitfield, Milton Keynes, MK11 3LW, UK
UKHW021044180726
13838UKWH00004B/2000